안드로메다 남자

ASATTE NO HITO
ⓒ Tetsushi Suwa 2007
All rights reserved.
Original Japanese edition published by KODANSHA LTD.
Korean publishing rights arranged with KODANSHA LTD.
through Yu Ri Jang Literary Agency.

illusionist 세계의 작가 012

안드로메다 남자
ⓒ 들녘 2009

초판 1쇄 발행일 2009년 1월 23일

지은이 스와 데쓰시
옮긴이 양윤옥
펴낸이 이정원

책임편집 김인혜

펴낸곳 도서출판 들녘
등록일자 1987년 12월 12일
등록번호 10-156
주소 경기도 파주시 교하읍 문발리 파주출판단지 513-9
전화 마케팅 031-955-7374 편집 031-955-7381
팩시밀리 031-955-7393
홈페이지 www.ddd21.co.kr

값은 뒤표지에 있습니다. 잘못된 책은 구입하신 곳에서 바꿔드립니다.

ISBN 978-89-7527-600-2(세트)
     978-89-7527-610-1(04830)

안드로메다 남자

스와 데쓰시 지음 · 양윤옥 옮김

들녘

내가 위대한 자이기 위해서는, 예언자의 말투로 이야기하기 위해서는, 이따금 단 하나의 말, 아무런 묵직함도 없는 사소하고도 단순한 언어 외에는 필요가 없다. 증인證人으로서의 언어, 정확하고도 정묘한 언어, 내게서 나와 내 골수에 잘 침투된 언어, 내 존재의 아슬아슬한 선에 머물며, 만인에게는 아무려나 상관없는 언어. 하나의 검은 음절로 이루어진 언어.

_A 아르토, 「신경의 저울」

1

 아직까지도 여기저기 논밭이 남아 있는 동네를 버스는 잠이 덜 깬 듯 느릿느릿 달려갔다. 라고 쓴 참에 느닷없이 '퐁파!'하고 왔다. ―허를 찔린 겨를에 뒤를 이을 말을 뻔히 눈앞에서 놓쳐버리고 꼴사납게 허둥거리는 지금의 내 꼬락서니 따위는 그냥 넘어간다고 해도……, 요컨대 이렇게 초장부터 '퐁파!'라는 식으로 나와서야 이대로 소설을 계속 써내려갈 마음도 싹 가신다는 것, 걸음마 떼자마자 자빠진다는 게 바로 이런 경우로, 이미 가슴 속에서는 화자인 〈내〉가 어느 겨울날 오후, 역에서 갈아탄 시영버스에 흔들리며 숙부의 우거寓居를 찾아가는 모습이 더할 나위 없이 생생하게 떠올라 있었으니, ―곧 쏟아질 듯하면서도 쏟아지지 않는 꽉 막힌 구름 하늘 아래, 마지못해 급하게 일의 뒤처리를 하러 가는 〈나〉의 부루퉁한 얼굴, 함께 타고 있는 두세 명의 노인네들 또한 말이 없고, 버스는 관청과 농협을 지나 병원 앞에 도착한 참에 노인네들을 남김없이 다 내려주고 나자, 맨 뒷좌석에 아직껏 한 남자가 타고 있다는 것을 아는지 모르는지 금세 신바람이 난 태평한 운전기사의 어이없는 콧노래 소리—, 라는 그리 칭찬받을 만한 것도 못되는 흔해 빠진 시추에이션이 내 옆댕이에서 줄줄이 우왕좌왕 무산되어가는 것을 두 손을 휘저어 닥닥 긁어모아 급하게 지면에 묶어놓으려고 안달하는 사이에도 풍파의 여파에 떠밀리고 휩쓸려 빙빙 돌아가는 것은 내 집의 내 방, 쳐다보기도 지겨운 책상 위의 풍경이었으니, 그렇다고 달랑 한 줄 써놓은 원고를 찢어버릴 기개라도 있으면 또 모르겠으나, 물론 지금의 나로서는 그것조차 할 수 없고 그저 마냥 나 자신의 한심함 앞에 어찌할 방도를 찾지 못한 채, 풍파풍파 하고 변함없이 깜빡 홀려버린 듯한 망연자실의 중얼거림, 이따금 "퐁팟다!"하는 찢어질 듯한 부르짖음과 함께 정신을 좀 차려보려는 의지가 엿보이기는 하나 실제로는 성공하지 못한 채, 내가 이대로 지면에 엎어져서 정신이 돌아버리는 게 아닐까, 이건 즉 세상에서 흔히 말하는 바로 그 발광이 틀림없지 않은가, 운운

하며 혼이 빠져나가 높직한 곳에서 내려다보는 듯 또 하나의 내가 마치 남의 일처럼 이 궁리 저 궁리를 하고 있었다.
⋯⋯라고는 해도, 달랑 한 줄만 써놓은 지면을 마주하고 멍해져 있는 작가의 꼬락서니를 그야말로 작위성 강한 모양새로 써내려가고 있는 또 하나의 나, 말 그대로 현실의 나라는 것도 톡 까놓고 얘기해서 여기 이렇게 키보드를 두드리고 있는 것이고 보면, 그런 사실을 굳이 의식하고 말고 할 것도 없이 소설의 끝장까지 포커페이스를 딱 잡고 글쓰기를 계속한다는 것도 또한 그건 그것대로 숨 막히게 어리석은 노력으로 생각되지 않는 것은 아니다. 또 한편, 그딴 건 아예 모르는 척 시치미 뚝 떼는 얼굴을 계속 유지하는 것이야말로 곧 소설의 자립을 보증한다는 통념도 지금껏 분명하게 존재하는 것이고, ⋯⋯무엇이 어찌됐건 지금의 나에게 부여해야만 하는 글을 쓰기 위한 구실은 아무래도 무슨 업보 같은 그놈의 버스 안에 있는 모양이니 그 느긋한 여정에 맞추어 나의 펜은, 나의 매사 부정적인 키보드 위의 키는, 서투른 소설의 어딘지도 모를 결말을 향해 게으름 피우지 말고 꾸준히 달려가지 않으면 안 되는 것이었다―.

*

　수십여 장의 초고를 거친 결과, 이쯤에서 매듭을 지어
야 할 듯한 『안드로메다 남자』의 최종 원고 첫머리가 말하
자면 바로 위의 글이다.

　최종 원고, 여기서는 보다 정확하게 최종 초고라고 해
두어야 할까. 현 단계에서 작자의 딜레마를 가장 충실히
더듬어나간 첫머리라고는 해도 이것을 당당히 최종 원고
의 첫머리로 보기에는 나로서도 주저가 없는 것은 아니다.
특히 난점으로 보이는 것은 문장 여기저기에서 보이는 상
투적인 분석, 그 장면 장면에서 차원이 뒷걸음질 치는 객
관적 시선의 수법, 여기서는 나 스스로도 약아빠진 스노비
즘의 독기를 감지하지 않을 도리가 없다. 세상에 존재하는
작위라는 작위를 모두 물리치고 가족과도 떨어져 고독한
풍류인의 끝장까지 몸을 내던진 젊은 숙부의 삶을 이야기
하기에는 이 또한 너무도 〈작위적〉인 첫머리다. 작위를 회
피하려다가 스스로 작위에 갇히는 꼴의, 이것이야말로 전
형적인 〈전위〉 흉내가 아닐까. 숙부의 이야기에 한해서는,
아니, 이 『안드로메다 남자』에 한해서는, 쉽사리 그것을
써먹을 방법도 없을 텐데 말이다.

하지만 문체나 줄거리의 수준은 어떻든 간에, 내가 오늘까지 앞서 말한 첫머리에 집착해온 이유는 다름 아닌 바로 그것, 본문을 끊임없이 뚝뚝 끊어가며 자꾸만 튀어나오는 불가해한 '퐁파' 때문이다.

어떻게도 피할 도리 없는 이 충동은 소설적 현실과 책상 위 현실, 양쪽에 걸쳐 발생한다. 한 번 퐁파, 하고 나오면 그것은 사실상 소설 자체를 불가능하게 한다. 소설의 이런 불가능성을 고스란히 원고지 위에 표현하려면 내 쪽에서 〈작위〉에 가담하는 수밖에 별 도리가 없다. 필연적으로 첫머리에 보이는 고육책을 쓰는 길밖에 없는 것이다.

요컨대 내가 쓰고 싶은 것은 숙부의 이야기이며, 숙부의 이야기란 결국 퐁파를 포함한 커다란 의미에서의 〈안드로메다〉 이야기이며, 이 〈안드로메다〉가 성질상 다양한 〈작위〉를 거부하는 것인 이상, 다시 처음으로 돌아가 소설 자체가 파탄에 이르는 도로 아미타불에 빠지게 된다.

내게 남겨진 선택은 파탄을 각오하고 고육책을 밀어붙이느냐, 아니면 쓸데없는 발버둥은 그만두고 깨끗이 펜을 꺾느냐, 그 둘 중의 하나라는 이야기다. 하지만 솔직히 말해, 이 판국에 이르러서도 여전히 전자를 주장할 완강함은 이미 내게 없다. 그렇다고 이대로 〈안드로메다〉 이야기를 포기하고 얌전히 원고를 재워두는 것도 심히 울화통이 터진다.

＊

흥분을 가라앉히고 주위를 돌아보니, 현시점에서 내게 주어진 재료는 다음의 세 가지다.

① 나의 유년기에서 꺼내온 숙부에 관한 개인적인 몇 가지 기록들.

② 지금까지 숙부를 모델로 해서 써둔 산더미 같은 소설 초고.

③ 그날, 빈 둥지가 된 숙부의 방에서 거둬온 대형노트 세 권 분량의 일기.

('그날'이라는 건, 즉 버스를 타고 공동주택 단지에 도착했던 날을 말한다. 뒤에서도 말하겠지만 숙부는 내가 찾아간 그날로부터 반년쯤 전에 행선지를 알리지 않은 채 공동주택을 떠났다. 마침 그 시기에 그의 집이 있는 동이 노후해 머지않아 철거하기로 결정되었고 시청 관리사무소에서 서면으로 몇 차례 이전 요청서를 보냈는데, 숙부가 행

방을 감춘 뒤였기 때문에 그 통지는 전송되어 숙부의 친형이며 신원보증인이기도 했던 이웃 현에 사는 우리 아버지에게로 날아왔다. 그 결과, 당시 우연히도 공동주택 단지에서 그리 멀지 않은 곳에 하숙을 하고 있던 내가 아버지의 대리인으로서 이 일의 뒤처리를 하라는 심부름을 떠맡게 되었다.

나는 그날까지 수차에 걸쳐 혼자서 공동주택 단지에 나가 일기를 제외한 숙부의 모든 짐을 정리하고 포장해 업자의 트럭 편으로 아버지 집에 보냈다. 현재, 그 공동주택 단지는 철거되어 이미 이 세상에 없다.)

……새삼 주위를 둘러보기는 했지만, 지금까지의 시행착오가 말해주듯이 이런 조각조각의 재료는 소설이라는 단일한 시점으로 다시 조합되는 것을 고집스럽게 거부한다. 억지로 그것을 밀어붙인다면 전체는 모순투성이의 한심한 물건으로 전락할 것이다.

지금 나는 이러한 문제 때문에 어지간히 넌더리가 나고 피곤하다. 그래서 생각에 생각을 거듭한 끝에, 일단 모든 것을 내던지고 처음부터 다시 배열해보기로 결정했다. 즉, 초고는 초고로써, 일기는 일기로써, 소설 이전의 시안 그대로 독자 앞에 던져보는 방법이다. 보통 이런 난폭한 짓거리는 작품으로써 허용되는 것이 아니다. 아니, 그런 것보다 이 경우에 가장 성가신 점은 초고와 일기를 콜라주해서 만든 소설 『안드로메다 남자』라는 게 그 자체로 과연 완성품이냐 초고냐 하는 문제다. 그러나 지금의 나로서는 어떻게 해명할 도리가 없다. 그저 순서에 따라 다시금 배열하고 그리하여 만들어진 것이 제 스스로 완성품이라는 생각뿐이다.

2

순서에 따라, 라고 쓰기는 했지만 설마 댓바람에 숙부의 출생담부터 시작할 수도 없다. 게다가 아까 얼핏 말을 꺼냈던 숙부의 일기에 대해 미리 언급해둘 필요도 있다. ……그렇다면 역시 나는 숙부의 저 고독한 집에 대한 이야기부터 시작해야 할 것이다.

마침 안성맞춤이라고 할까, 최근에 쓴 초고에는 아버지의 대리인으로서 숙부의 집에 연달아 며칠씩 들락거리던 때 일련의 문장 스케치를 해둔 것이 포함되어 있었다. 이 원고는 첫머리에 앉혀놓은 최종 원고의 한 단계 전에 쓴 것으로, 사실 나는 여기에 포함된 공동주택 단지의 문장 스케치만 믿고 거기에 이야기를 덧붙일 속셈으로 저 첫머리, 버스를 타고 공동주택 단지로 향하는 장면을 쓰기 시작했다.

(버스의 차내⋯⋯버스에서 내려선 정류장⋯⋯공동주택 단지 안의 길⋯⋯숙부의 방, 이런 순서로 이어지게)

이제부터 소개하는 문장은, 만일 저 쓰지 않기로 한 첫머리 원고의 문장체가 소설 전체에 일관되게 적용되었다면 그쪽으로 따라가 가필을 해서라도 새로 마감해냈을 터인, 말하자면 다른 방면으로 써먹을 수도 있는 초고였다.

• 소설 초고에서(우키누마浮沼 공동주택 단지의 숙부 집)

(이전 단락)

⋯⋯제트기가 지나간 직후처럼 묵직한 여운이 황폐한 공동주택 단지를 시종 점령하고 있었다. 인적 없는 공동주택 단지에서는 밤이건 낮이건 빨래가 펄럭거리는 듯한 소리가 들렸다. ⋯⋯여기저기 온통 일 년 전에 왔을 때와 하나도 달라진 것이 없었다.

나는 큼직한 보스턴백을 오른쪽 어깨에 걸고 왼편 옆구리에는 접은 종이상자 더미를 끼고 있었다. 오후의 햇살이 발치에 희미한 그림자를 만들었다.

내려선 버스 정류장 바로 앞에 단지의 북쪽 입구가 있

고, 그곳을 들어서서 한참 동안은 한 사람의 행인도 마주치지 않은 채 완만하게 구부러진 큰길을 천천히 서쪽으로 돌아 걸어갔다. 숙부의 집은 단지 남쪽 끝의 가장 낡은 동 중의 하나였다.

집 정리에 들어선 지 오늘로 정확히 사흘째. 어제와 그 전 토요일 일요일 모두, 늦게까지 짐 꾸리기에 전력을 기울였지만 도무지 끝이 보이지 않아 오늘은 밤을 새워 작업할 예정이었다. 내일 정오에는 트럭이 오기로 예약되어 있었기 때문이다. 이번 이틀간을 위해 미리 직장에 연휴까지 신청했다.

(중략)

……무시무시하게 조용했다. 희미한 새의 지저귐, 바람 소리, 그리고 나의 조심스러운 발소리 외에는 아무것도 들리지 않았다. 이 단지에 정말로 사람이 살고 있는 것일까. 이전 권고가 떨어지고 시와 주민 사이의 보상을 둘러싼 협상도 끝난 지 오래라지만, 애초에 최종 시점까지 이곳에서 생활했던 주민이 과연 있기나 했을까. 일 년 전 공동주택 단지의 인상을 되짚어보면, 이렇게 줄줄이 늘어선 단지의 각 동이 벌써 몇 년 전부터 거의 완전히 폐허였음에 틀림없다고 추측할 수밖에 없다.

단지 내를 이동하기 위한 길은 각각의 건물을 구분 짓는 가느다란 샛길 외에, 기묘한 타원을 그린 굵직한 큰길이 전체를 빙그르르 한 바퀴 돌며 뻗어 있었다. 타원의 중심부 근처에는 고양이 이마빡만한 아동공원이 있고, 그 코앞에 빨강과 흰색 줄무늬 모양의 괴물 뱀밥풀 같은 거대한 급수탑이 위압적으로 주위를 쓰윽 째려보며 서 있었다. 단지 내에서 이 탑이 눈에 들어오지 않는 장소는 없다. 구름 낀 하늘을 배경으로 빨강과 흰색이 칠해진 급수탑이라는 그림은 어딘가 비현실적이고 불길한 분위기라는 분위기로 가득 채워져 있었다.

위세가 등등한 것은 급수탑만이 아니었다. 빈집을 잡아먹을 듯이 번창한 열대식물의 기세도 도를 넘어 으스스할 지경이었다. 줄기 굵은 초록색 잡초가 그대로 거대하게 자라버린 듯한 생경한 수목들이 단지 여기저기에 큼직한 잎사귀를 시퍼렇게 펼친 채 서 있었다. 조그만 열매를 매단, 온몸이 초록빛인 바나나 나무도 북풍을 맞으며 서측 벽을 따라 몇 그루씩이나 늘어서 있었다.

건물 전체가 심하게 낡았고, 부지의 북쪽 가장자리에 뒤늦게 들어선 4층짜리 건물도 일부 있기는 하지만 대부분 자그마한 2층 건물인, 말 그대로 옛날 나가야(여러 가구가 함께 살 수 있도록 칸은 막아 길게 지은 에도시대의 서민 주택—옮긴이) 식이라고 할 만한 음침한 꼬락서니들이었다. 겉모양새로 보아 벌써 몇 년씩 방치되었을 것으로 짐작되는 빈집만 줄줄이 늘어섰고, 녹슨 유모차와 썩어서 페인트칠이 벗겨진 우유 상자 등이 그 지독한 황폐함을 거들고 있었다. 대부분의 집들이 바깥문과 이중창에 베니어판을 대고 못을 박아 막아두었기 때문에 누가 보더라도 빈집이라는 것을 알 수 있었다.

나는 급수탑을 왼편으로 바라보며 타원 궤도의 남쪽 끝으로 돌아 들어갔다. ……실로 그 일대는 너무 황량해서 더이상 사람이 살 도리가 없는 무성한 갈대밭이 되어 있었다. 거대한 물웅덩이 같은 그 습지대 위에 인간의 거처가 떠 있는 모양새였다. 정말 그렇게밖에는 보이지 않았다. 나는 샛길로 들어가 곧바로 그 동을 찾아냈고, 왜 그런지 주위의 시선을 한 차례 확인한 후에야 뒤로 돌아가 가장 안쪽의 집을 목표로 척척척 높직한 풀을 밟고 들어갔다. 남쪽 벽은 식물이 울창했고 발밑은 온통 물웅덩이였다.

그것은 이 공동주택 단지 내에서 가장 많이 보이는 이층 건물의 나가야로, 나가야라고 해도 한 세대가 일층과 이층을 공유하여 쓰는 형태, 즉 한 동당 다섯 세대가 옆으로 나란히 사는 구조로 되어 있다. 가까운 동의 주민들은 벌써 몇 년 전에 모조리 퇴거했는지, 주변은 죽은 듯이 고요하고 아무 소리도 들리지 않았다. 풀숲의 모기에 물어뜯기면서 나는 가까스로 안쪽에 가닿았다. 다른 집들과 마찬가지로 숙부의 집에도 뒤편 테라스 쪽에, 먼저 살았던 입주자가 무단으로 증축해놓은 파란 비닐시트의 포장마차 같은 바라크가 있었다.

나는 어깨와 무릎으로 바라크의 문을 밀어젖히고 몸을 안으로 쓰윽 집어넣었다. 파란 포장 속을 지나 테라스 쪽으로 난 커다란 새시 문을 열었다. 그리고 신발을 신은 채 집 안에 들어선 나는 첫날의 쓰라린 경험에서 배운 것이 있어서 어둠 속에 손을 내밀어 더듬더듬 주의 깊게 나아갔다. 부엌 한 칸밖에 없는 일층은 진즉부터 발 디딜 자리도 없는 컴컴한 쓰레기장이었다. 부서진 서랍장이며 자전거들이 천장까지 첩첩 쌓였고 온갖 잡동사니가 안쪽 현관까지 점거했다. 그 때문에 아직 숙부가 살고 있을 때도 바깥문은 베니어판으로 막혀 있었다. 이런 집에 사람이 살고 있으리라고 누가 상상이나 할 수 있을까. 그럴 만큼 숙부의 은둔은 철저했다.

(중략)

……전기도 물도 이미 끊겨 일층 싱크대는 바짝 마른 채 엷은 흙먼지를 두르고 있었다. 화장실도 사용할 수가 없어서 나는 이곳에 있는 동안 일일이 밖에 나가 아동공원 변소에서 볼일을 보아야 했다. 목욕탕이라고는 애초부터 딸려 있지 않아서 숙부는 공동주택 단지 근처에 있는 대중탕을 주로 이용할 수밖에 없었던 모양이었다.

손으로 더듬으며 폐기물의 산을 빠져나와 현관 쪽의 틈새로 이동하자 겨우 위층에서 새어나오는 빛이 보였다. 그 빛으로 발치를 확인하며 벽을 타고 마루 문턱에서부터 이어진 급한 계단을 올라갔다. 이윽고 층계참에 이르자 나는 구두를 벗고 왼편의 아코디언커튼을 열고 안으로 들어갔다. 들어가자마자 곧바로 휴대용 랜턴을 켜고, 남측의 유리창을 활짝 열어 바람을 통하게 함과 동시에 모기향에 불을 붙였다.

첫날에는 이 세 평짜리 방의 서측과 북측 3분의 2를 모조리 책더미가 차지하고 있었다. 끈기 있게 정리한 보람이 있어서 대부분 종이상자에 옮겨 넣었다. 하지만 이번에는 그 상자들이 공간을 가로막아서 불편하기는 마찬가지였다.

남쪽 창문으로는 공동주택 단지 바로 앞 남측을 달리는

고가도로의 줄줄이 늘어선 교각이 내다보이고, 그것을 대충 가려보자는 목적인지 앞쪽에는 동일한 간격으로 심어 놓은 키 큰 야자나무가 장소에 어울리지 않는 요란스러운 잎사귀를 흔들고 있었다. 화분 하나를 겨우 놓을 만큼 좁은 발코니의 난간은 모조리 페인트칠이 벗겨졌고, 바로 아래 차양 지붕의 동판은 오랜 세월의 비바람에 환한 빛깔의 녹청이 생겨서 단지의 각 동 여기저기를 아름답게 녹청색으로 물들였다.

남쪽 창 아래 나지막한 앉은뱅이책상 하나가 자리를 잡고 있었다. 서랍에는 인감이며 통장, 오래된 만년필, 노트 등이 빽빽이 들어차 어디서부터 손을 대야 좋을지 알 수가 없었다. 바닥에 깔려 있는 낡은 카펫은, 숙부가 우리와 함께 친가에 살던 때 그의 방에서 쓰던 것이었다. 바닥에서 책을 집어들 때마다 어린 시절에 보았던 카펫의 아라베스크 무늬가 얼굴을 내미는 바람에 나는 숙부와 함께 보낸 그리운 옛날을 떠올리지 않을 수 없었다.

사방은 심심하기 짝이 없는 흰 벽이었다. 남북의 창문과 서측의 붙박이장을 빼고는 모조리 벽이었다. 물론 도코노마(방의 상좌에 바닥을 한 단 높여 족자나 꽃 등으로 장식한 공간-옮긴이) 따위는 없었다. 그림 액자가 걸린 것도 아니었다.

서측, 책장 옆 벽에는 생전의 도모코 씨의 사진 한 장이 핀으로 꽂혀 있었다. 결혼 1주년 겨울에 둘이서 우크라이나로 여행 갔을 때 찍은 핀업 사진일 것이다. 도시 이름은 알지 못하지만, 어딘가 고원의 공원 같은 곳에서 아침 안개에 둘러싸인 시가지를 배경으로 찍은 아름다운 사진이었다. 그녀가 내쉬는 하얀 입김은 머리칼이 휘날리는 것과 같은 방향으로 불려가고 있었다. 불그레한 뺨이 아침의 차가움을 말해주었다. 숙부의 모습이 보이지 않는 것은 물론 카메라를 들고 있었기 때문으로 아직 새벽 산책에 나선 사람도 없는 시간이었던 모양이다. 셔터를 누르는 찰나, 숙부가 뭔가 말을 건넸는지 도모코 씨는 장갑 낀 손을 입가에 대고 웃는 듯한 몸짓을 보이고 있었다. 이 세상에서 가장 조촐하고, 행복하고, 슬픈 사진.

　사진 맞은편의 동측 벽을 등지고 경대가 하나 놓여 있었다. 이 경대는 도모코 씨의 유일한 유품이다. 숙부는 그 사고가 난 뒤 그녀와 관련된 물건을 모조리 처분해버렸다. 겨우 이 경대만이 남겨졌다. 나뭇결이 환하고, 연대가 오래되기는 했지만 만듦새가 훌륭한 살림살이로, 삼면거울이 있고 네 개의 고양이다리 같은 받침대가 달려 있었다. 그 다리의 통통한 뒤꿈치 부분, 특히 정면의 두 다리 쪽에 아주 조금 쓸린 흔적이 보였다. 부속으로 딸린 의자는 없어졌고, 다리 밑의 빈 공간에는 역시 착착 포개 얹은 책더미가 들어가 있었다.

(이하 생략)

*

사실 묘사에 급급하여 강약장단이 이지러진 문장, 중략으로 인해 소통이 매끄럽지 못한 단절감…… 초고의 아쉬움을 열거하자면 한이 없지만, 어찌됐건 파악해야 할 전제는 모두 말한 셈이다. 지금 내 손에 있는 숙부의 일기만 해도 상상하시는 대로 그 집의 책상 서랍에서 꺼내온 것이다.

위의 글에 나오는 〈직장〉이란 현재 적을 두고 있는 작은 공공 복지시설을 말하는 것으로, 나는 고민 상담전화를 받거나 대인공포증 환자들끼리 만든 교류 서클의 도우미 같은 일을 하고 있다. 아직 정식 자격도 없는 임시고용직이지만 근무시간이 주일별로 고정되어 있기 때문에 개인적인 볼일로 일을 쉬게 되면 일단 연휴 신청 수속을 밟을 필요가 있었다.

그런데 여기에 적힌 우키누마라는 장소는 결코 공상의 지명이 아니라 N구 변두리에 네모반듯하게 구획된 실재하는 공동주택 단지다. 고도성장 직전에 인구가 증가할 것으로 예측한 시에서 서북부의 논밭을 택지화해 건설한 곳으로 전쟁 이후 집단주택의 선구자 격이었지만, 나중에 시의 동부 쪽으로 뻗어나간 지하철 연선의 발전에 밀려 점차 거주자가 줄어들었다. 애써 정비해둔 보육원 등이 이용되는 일도 없이, 역까지의 어중간한 거리를 버스 노선으로 대충 때우며 현재까지 가까스로 지탱해왔다.

숙부가 시내 중심지의 맨션에서 이곳으로 이사를 왔던 3년 전, 처음으로 현실과 동떨어진 그 집을 목격한 나는 솔직히 그가 제정신을 잃은 게 아닌가, 의심하지 않을 수 없었다. 나를 가장 놀라게 한 일층의 산더미 같은 폐기물은 숙부의 말에 따르면 이전에 살던 사람이 버려두고 간 것이라고 했다. 그 사람이 누구냐 하면 숙부가 근무하던 빌딩 관리회사의 OB로, 이 집도 그의 개인적인 주선에 의해 숙부가 양도 받은 모양이었다. 단지의 관리사무소에도 계약자 변경이라는 것만 신고하고 본인들끼리 이전 수속을 했기 때문에 일층의 폐기물은 고스란히 숙부의 수중으로 건너왔다. 물론 이러한 숙부의 무심함은 그 당시에 갑자기 시작된 것은 아니었다.

퇴거 작업을 하면서 나는 그 잡동사니에 일절 손을 대지 않았다. 그로부터 10개월, 아마도 지금쯤은 철거도 끝나고 그 폐기물도 남김없이 처분되었을 것이다.

숙부가 단행한 우키누마로의 이전과 그 진의에 대해서는 여기서 성급하게 결론을 내리기보다는 앞으로 소개할 초고와 그 밖의 문장 행간에서 점차 짐작할 수밖에 없다. 여기까지 읽으면 숙부의 은둔이 무언가의 정신적인 충격, 특히 그의 아내의 죽음과 관계가 있을 거라고 상상하고 싶어진다. 그리고 이 상상은 어느 정도 적중한 것이기도 하다. 단지, 숙부에게는 분명 결정적인 전환점이었을 아내의 죽음도 그것이 그의 풍류인 같은 모든 행동의 시작이었던 것은 아니어서, 그런 종류의 공식을 표방하며 다양한 숙부의 행동거지를 일도양단하는 것은 지나치게 앞서가는 짓이다. ……숙부가 아내의 죽음에도 전혀 개의치 않는 냉혹한 인간이라고 말하는 건 결코 아니다. 그저 모종의 로덴바흐(Georges Rodenbach. 1855~1898. 벨기에의 데카당파 시인·소설가. 그의 대표 장편소설 『죽음의 도시 브뤼주 Bruges la Morte(1892)』에서 '이 도시의 수많은 첨탑의 그림자가 주는 압박이 너무 괴롭다'라며, 아내의 죽음을 아름다운 도시 자체가 죽은 듯한 쓸쓸함으로 표현했다—옮긴이) 풍의 우수로 『안드로메다 남자』의 방향을 결정짓는 것에 위구심을 품을 뿐이다.

숙부의 행방은 유감스럽게도 아직껏 묘연하여 아무도 알지 못한다. 판명된 것은 아무래도 머나먼 곳으로 여행을 떠난 듯하다는 한 가지뿐이다. 그는 집을 비우기 전에 친가의 형, 즉 나의 아버지 앞으로 아래와 같은 내용의 엽서를 보냈다. 일기에 사용했던 것과 똑같은 청색 잉크로 쓴 겨우 한 줄의 엽서를.

잠시 여행을 떠납니다. 직장은 돌아오면 다시 찾겠습니다. 만사 걱정무용. 아키라 올림

아버지가 즉각 숙부의 회사에 문의해본 바, 과연 두 달 전에 그만둔 참이었다. 사직서의 이유 란에도 〈일신상의 사정〉 이외에는 아무 것도 적혀 있지 않고, 여행에 대한 내용에 이르러서는 어떤 말도 듣지 못했다고 했다.

부모의 낭패는 당연히 내게도 불안감을 주었다. 한때는 "경찰에 신고를……"이라는 말이 나오는 상황까지 갔다. 그래도 셋이서 냉정하게 의논에 의논을 거듭한 끝에 한참

동안 상황을 지켜보자는 쪽으로 결론이 났다. 아버지도 말했듯이, 어쨌든 그가 자필로 보내준 엽서가 있었다. 이 엽서를 믿는 한 그의 행방불명이 그렇게까지 험악한 것이라고는 생각되지 않았다. 생각이 거기에 미치자, 어머니는 마음을 다잡은 기세를 타고 숙부는 분명 몇 년 전 도모코 씨와 함께 갔던 해외의 땅을 다시 방문한 게 틀림없다며 그녀다운 희망적인 판단을 내리기에 이르렀다.

한창 의논 중에는 아버지와 어머니를 위로하는 측에 서 있던 나였지만, 그럭저럭 결론을 내린 뒤에도 나 자신의 우려만은 전혀 풀리지 않았다. 오히려 지금은 나의 그런 불안이 그때보다 더욱 커졌다고 할 수 있다.

그것은 숙부가 남긴 일기의 내용을 나 혼자만 은밀히 알고 있었기 때문이다.

3

장을 바꾸는 참에 다음에는 어떤 원고를 내놓아야 할 것
인가. 앞 장의 흐름으로 보면 망설일 것도 없이 숙부의 일
기를 풀어놓아야 할 테지만, 지금 갑작스럽게 그 일기를
펼친다면 독자의 혼란이 손에 잡힐 듯 뻔하다. 고민을 한
끝에 나는 산더미 같은 초고의 맨 아래쪽에서 가장자리가
햇빛에 바래 누르스름해진, 예전에 손으로 글을 쓰던 시절
의 제1초고를 끌어냈다. 첫 장 여백에 휘갈겨 쓴 기고 날
짜에 따르면 이 원고는 벌써 6년 전에 쓴 것이다.

나는 제1원고의 이야기 시점 및 화자를 숙부의 아내 도
모코 씨에게서 빌려왔다.

6년 전, 두 사람은 아직 젊은 나이여서 숙부가 스물아

흡, 도모코 씨는 스물네 살이었다.

그녀는 이 원고가 집필되고 정확히 4년 뒤에 교통사고로 세상을 떠났다. 그 이후 숙부는 앞장에서 보았듯이 내내 홀아비살림을 했다. 당연하지만 제1 원고에는 아직 그 뒤에 이어진 흉사를 예견할 만한 어두운 그림자는 보이지 않는다. 도리어 아무 죄도 없는 그 환한 명랑성이 적잖이 태평한, 어딘지 철이 없는 젊은 부부의 사랑타령으로 비친다.

이 초고는 젊은 시절의 글답게 별다른 고뇌 없이 나오는 대로 쓰여 있다. 중앙에 한 쌍의 부부를 배치한 도시 생활의 그저 평범하기만 한 정경 묘사로, 나는 이 장면을 생전의 도모코 씨에게서 들은 이야기를 바탕으로 재현했다. 글을 쓴 사람은 분명 내가 틀림없지만, 그 양상은 실제로 한 가정에서 일어난 사건, 그녀 자신에 의한 문장 스케치라는 것으로 읽어주시면 고맙겠다.

• 제1 원고에서(도모코의 가정 스케치 1)

가을이 깊어가는 11월 하순의 어느 날 밤, 저녁식사를 마치고 남편과 둘이서 조용히 홍차를 마시고 있었다.

스테레오에서는 속삭이는 듯한 바로크 음악이 흘러나왔다. 거실 이외의 방은 전기불이 꺼져 있었다. 이제는 창문 밖 사거리의 시끄러운 소리도 끊기고, 악장 사이사이에 들려오는 것이라고는 시계 소리와 부엌 냉장고의 낮은 진동뿐이었다.

뒤쪽 방의 경대에 편안히 쉬고 있는 우리의 뒷모습이 비쳤다. 이따금 뒤를 돌아보며 몰래 그 모습을 살펴보았다. 그런 정밀한 두 사람만의 세계.

우리는 소파 위에서 각자 마음 내키는 대로 시간을 보냈다.

남편은 다리를 접고, 묵직해 보이는 고전을 양손으로 잡은 채 읽고 있었다.

이따금 오른손에 든 샤프펜슬로 밑줄을 긋고 뭔가 써넣기도 했다. 그런 부분이 발견되면 그의 몸은 슬쩍 긴장한다. 그리고 펼친 책등을 왼쪽 손아귀에 움켜쥐고 선을 긋는다. 시선이 그 문장을 음미하는 동안, 하릴없는 오른손은 테이블의 찻잔을 우왕좌왕 찾아다닌다.

남편 옆에서 요리 잡지를 보며 '사박사박 두부 튀김'의 조리 과정을 머릿속에 그렸다.

……가루 치즈와 잘게 다진 파슬리를 섞은 빵가루를 1센티미터 두께의 비단두부에 골고루 묻힌다. 두부가 부서지지 않도록 신중하게. 그것을 중불로 뜨겁게 달군 식용유에 넣고, 기다리기 몇 분. 황금빛으로 튀겨진 나의 사박사박 두부튀김을 가운데 놓고 야채샐러드와 미니토마토를 빙 둘러 장식한다……

"저기, 여보, 이거 한 번 먹어보고 싶지 않아?"

나는 잡지를 남편 쪽으로 들어 올려 사박사박 두부 튀김의 조리 예를 손가락으로 짚어 보였다.

"음, 맛있겠는데?"

"그렇지? 이런 것쯤이야 간단해. 이담에 해줄게."

"응, 부탁해."

과묵한 남편에게 말을 건네는 것은 언제나 내 쪽이다. 기껏 두세 마디뿐이어도, 별스러울 것도 없는 그의 말을 듣는 것만으로 금세 가슴이 설레는 것은 결혼한 반년 전과 똑같이 변함이 없다.

나는 벌써부터 사박사박 두부튀김에 필요한 재료를 헤아려보기 시작했다. 이거하고 그거하고, 그리고……. 내일 먹을 반찬 재료는 벌써 사버렸으니까 이 요리를 하는 건

모레가 되겠지? 모레라면 남편도 당직을 끝내고 오후에는 돌아온다. 그래, 결정했어, 그날로 하자. 웃음을 지으며 남편을 보았다. 독서의 흥이 깨졌는지 그의 시선이 허공에서 허우적거리고 있었다. 좋아, 모레는 맛있는 요리를 만들어서 이 사람을 깜짝 놀라게 해줄 거야. 식전에 와인도 좀 필요하려나? 결혼 축하 선물로 구미코에게 받은 커플 유리잔, 꺼내서 닦아둘 것. 와인은……, 화이트로 해야 하나? 아마 화이트나 레드나 둘 다 어울릴 것이다. 아참, 와인이라면 치즈 같은 것도……. BGM이 비발디 협주곡의 유명한 프레이즈로 접어들자 나도 모르게 콧노래로 따라 부르며 김이 오르는 홍찻잔에 손을 내밀었다. 바로 그 순간, 곁에 있던 남편이 돌연 의자에서 벌떡 일어나 손뼉을 치고 발을 구르며,

"퐁팟"

하고 찢어질 듯한 소리로 부르짖었다.

……. 나는, 진짜로, 심장이 덜컥 멎을 만큼 깜짝 놀라서, 정말로, 반쯤 엉덩이를 쳐들고 몸을 일으킨 채, 남편의 얼굴을 살펴보았다.

그렇다, 남편은 최근 들어 정말 엉뚱하기 짝이 없는 때 "퐁팟!"하고 외치곤 한다.

"퐁파"가 아닐 때도 있다.

이를테면 "체리파하"라든가 "호에먀우"라든가.

처음 얼마 동안은 애써 놀라움을 억누르며,

"뭐야? 지금, 그거……?"

라고, 천천히, 단어를 하나씩 끊어가며 물어보았다.

정색을 하고 그런 질문을 던지면, 왜 그런지 막상 장본인인 남편은 허를 찔린 듯한 얼굴(뭐야, 들었어? 라는 듯한)을 하고, 그 다음은 항상 뭔가 애매한, 겸연쩍은 웃음으로 대충 넘어가려고 하는 게 보통이다. 대개는 그를 배려해 그 이상 깊이 캐묻는 것을 망설였다. 가슴 깊숙이 정체를 알 수 없는 불온한 응어리를 남기면서도.

하지만 아무래도 마음이 진정되지 않고 도저히 이해할 수 없을 때는 철저히 물고 늘어진다. 이런 때의 내 눈은 평소보다 진지하고 목소리는 나지막해진다. 그에게 농담이 아니라는 것을 알리기 위해서다.

"자기, 왜 그래, 정말?"

"미안. ⋯⋯정말 아무것도 아니라니까."

"아무것도 아니라는 건 말이 안 되잖아? 그거, 정말로 깜짝 놀란다고, 알아? 저기, 괜찮으니까 나한테 말해봐. 진짜 오늘만큼은 무슨 일이 있어도 설명을 들을 거야."

남편은 다섯 살 연상으로, 오랜 기간 내가 짝사랑한 사람이다. 그래서 요즘 이런 정도의 다그치는 말조차 그즈음의 내 소심함을 생각하면 상상도 할 수 없는 일이다.

나의 그런 심각한 얼굴을 들여다본 남편은 이윽고 웃음을 터뜨리기 시작한다. 그의 쾌활한 웃음은 금세 내 단단한 마음을 간질여 스르르 쪼그라들게 만든다. 노골적으로 웃음을 사고 보니, 이런 엉터리 같은 일에 안달복달한 내 자신이 몹시 우스꽝스럽다는 생각이 들고 만다.

"아이 참, 퐁파가 뭐야, 퐁파가!"

"아하하하하하."

결국 언제나처럼 나는 그 자리의 상황에 넘어가 그저 남편의 팔을 붙잡고 흔들게 되었다. 대충 이런 식이어서 아무리 시간이 흘러도 그 말의 의미를 알아내지 못하고 있는 것이다. ……

결혼하고 반년, 젊은 아내에게 마음을 써주었던지 그때까지는 의식적으로 도회韜晦하여 그 실체가 드러나지 않았던 숙부의 〈안드로메다〉가 일상 틈틈이 조금씩 얼굴을 내보이기 시작한, 그런 시기의 스케치다.

여기에서 보이는 퐁파의 분출은 나의 펜에 의해 약간의 과장이 있었다고는 해도, 거기에 익숙해지기 전에 그녀가 상당히 놀랐다는 것은 부정할 수 없다. 하지만 당시 나 자신의 관찰로 보면, 그 정도는 아직 어느 누구에게도 무해한, 별 악의 없는 장난에 지나지 않았던 것으로 생각된다. 실제로 그즈음의 숙부는 어디서 어떻게 보건 평범하고 상식적인 일개 사회인이었고, 〈안드로메다〉라는 언어의 뉘앙스에서 보더라도 지금처럼 분명하지는 않았을 것이다. 숙부가 참된 의미에서 〈안드로메다〉를 자각적으로 드러낸

것은 도모코 씨라는 억제장치를 잃은 뒤부터였다.

처음에 미리 양해를 구하자면, 이때 숙부는 뭔가 광기에 빠진 것이 아니었다. 그의 이성은 예전에도 지금도 변함없이 건전하고 조금치의 흐림도 없다고 나는 말하고 싶다. 오히려 너무나도 청징한 그 이성이야말로 그를 〈안드로메다〉로 향하게 한다, 라고 서술하는 것도 결코 무리한 이야기는 아닐 것이다.

경위는 이제 곧 말하기로 하고, 여기서는 제1원고 중에서 앞서와 같은 가정 스케치를 또 한 군데 발췌하기로 한다. 두 사람이 결혼하고 8개월 정도가 지났을 즈음, 어느 휴일의 한 장면이다.

• 제1원고에서(도모코의 가정 스케치2)

대학 시절의 친구인 구미코가 약혼한 남자친구를 데리고 우리 맨션에 놀러온 것은 분명 1월 말의 일요일이었다.

그날은 공교롭게도 아침부터 가랑비가 흩뿌리고 있었다. 곧 눈이 될락 말락 하는 정도의 차가운 비로, 나는 일찌감치 구미코에게 자동차는 놔두고 오는 게 좋겠다고 말해두었다.

점심시간이 지나서 인터폰이 울렸다. 나는 남편에게 손님이 왔다는 말을 던져놓고 곧바로 현관문을 열어 두 사람을 안으로 맞이했다. 역에서부터 걸어왔는지, 내게 건네준 케이크 상자의 포장지가 빗물에 젖어 부들부들했다.

구미코의 파트너인 츠즈키 군은 그녀와 동갑내기였다. 대학에서는 검도에 푹 빠져 지냈다는 몹시도 순진하고 외골수의 느낌이 나는 청년이다. 나도 만나보는 건 처음이었다. 그들은 고등학교 동창으로 벌써 7년간의 교제라고 했다. 듣기로는 내년 6월, 츠즈키 군이 회사의 업무연수를 마친 뒤 당당히 식을 올릴 예정이라고 한다. 구미코가 그날 츠즈키 군을 데려온 것도 결혼에 무관심한 그에게 신혼생활의 아기자기함을 보여주려는 의도가 있었던 게 틀림없다.

부엌에서 선물로 받은 파운드케이크를 자르고 홍차를 끓이는 사이에 두 사람은 거실에서 남편과 이야기를 나누도록 했다. 집 안에 가족 이외의 사람들을 초대한 것은 그때가 처음이어서 낯가림이 심한 남편이 제대로 그들의 이야기 상대를 해줄지 걱정스러웠다.

"신혼여행은 캐나다나 오스트레일리아로 생각하고 있어요."

말하기 좋아하는 구미코가 신이 나서 이야기를 시작했다.

"자기, 그렇지? 어느 쪽으로 갈까?"

그녀가 츠즈키 군에게 물었다.

"그런 건 지금 당장 결정하지 않아도 되잖아? 아직 일년 반이나 남았는데, 뭐."

츠즈키 군은 어이없다는 듯 쓴웃음을 흘리며 자연스럽게 눈앞의 남편에게 동의를 구했다.

남편은 대화를 막는 것도 아니고 부추기는 것도 아니고, 그저 조용히 맞장구를 치고 있었다. 나는 찻잔과 케이크 접시를 얹은 쟁반을 테이블로 들고 나갔다.

"6월이라면 두 군데 다 한참 좋은 때겠지?"라고 나는 말했다. 즉시 구미코가 박자를 맞춰왔다.

"그렇지? 도모코라면 어느 쪽이 더 좋아?"

"나라면, 글쎄, 캐나다가 좋겠다. 캐나디언 로키."

"그래그래, 너무 좋아, 캐나다. 거봐, 도모코도 캐나다라잖아? 역시 나, 캐나다로 갈까봐."

"너 좋은 곳으로 가. 어차피 네가 결정할 거니까."

츠즈키 군이 찬물을 끼얹었다.

"아이 참, 자기는 왜 항상 그 모양이야? 어차피 결혼 같은 거, 대단한 것도 아니라고 생각하겠지만, 그래도 좀 진지하게 생각해봐, 자기 일이기도 하니까."

내가 이야기에 가담하자 남편은 마음이 놓였던지 소파에 등을 맡기고 비가 내리는 테라스에 뭔가 쓸쓸한 시선을 던지는 몸짓을 보였다. 테이블에서는 구미코의 떠들썩한 목소리가 이어졌다. 츠즈키 군이 남편의 멍한 얼굴빛을 눈치 채고,

"그런 시시한 이야기는 이제 그만해"라고 구미코에게 말했다. 불끈한 그녀가 말대꾸를 했다.

"시시한 이야기가 아냐. 그렇지, 도모코?"

"응, 나는 좀더 듣고 싶은데?"

"그치? 그거 봐. 아, 아키라 씨는 이런 얘기, 재미없나요?"

갑자기 말이 건너가자 남편은 일순 무슨 이야기를 했는지 모르겠다는 표정을 지었지만 곧 정신을 차리고 "아뇨, 그렇지 않아요"라고 대답했다. 나는 은근히 속이 탔다.

"아참, 두 분은 신혼여행 어디로 갔었죠? 이름을 들어본 적도 없는 그런 곳이었는데?"

구미코가 남편의 얼굴을 보며 물었다.

"리투아니아, 라트비아, 그리고 에스토니아. 벌써 몇 번이나 말했잖니? 그보다 너희들 얘기나 해줘."

틈을 두지 않고 내가 말을 받았다. 구미코도 결혼식에 대해서 하고 싶은 말이 산더미 같지만 일단 결혼 선배인 우리의 신혼여행 이야기를 들어주면서 자리의 분위기를 띄울 속셈이었을 것이다. 그런 건 나도 남편도 잘 알고 있었다. 남편이 이런 대화를 약간 지겨워하고 있다는 것을 느꼈다.

그럭저럭 하는 사이에 결혼식 준비에 관한 별것도 아닌 사소한 일로 츠즈키 군과 구미코가 밑도 끝도 없는 말다툼을 시작했다. 나는 난처해서 남편의 안색을 살폈다. 남편은 점잖게 그 문답에 귀를 기울이고 있었다. 혹은 기울이는 척 하고 있었다.

"도모코, 어떻게 생각해? 이건 이상한 거지, 진짜?"

나는 츠즈키 군 앞인지라 그저 무난한 대답을 해두었다. 구미코는 아무래도 마음이 안 가라앉는지 남편 쪽으로 얼굴을 돌리고,

"저기요, 아키라 씨라면 이런 때 어떻게 하시겠어요?"
라고 물었다.

"어지간히 하라니까. 그런 걸 물어보는 건 실례잖아."

41

"입 다물고 있어. 나는 아키라 씨한테 물어본 거니까. 이런 경우에 선배의 생각은 어떤지 자기도 똑똑히 들어둬."

남편은 열심히 생각하는 듯했다. 더 이상 내가 도와줄 여지도 없었다. 내게는 남편의 표정이 두 사람을 이해시키기 위한 최선의 말을 찾고 있는 것처럼 보였다. 잠시 견디기 힘든 침묵이 흘렀다.

끼고 있던 팔짱이 풀리고 남편이 얼굴을 들었다. 구미코와 츠즈키 군이 희미하게 숨을 꿀꺽 삼켰다. 그러자 남편은 천천히 츠즈키 군의 어깨에 오른손을 얹고 빙긋 웃으면서 따스하게 타이르는 듯한 목소리로 이렇게 말했다.

"그러니까 그건 즉 **타퐁튜**야."

그 순간, 나는 찬물을 뒤집어 쓴 것처럼 꼼짝할 수 없었다. 두 사람은 어깨를 맞대고 자기들이 잘못 들었는가 아니면 그 다음으로 이어질 무슨 말이 있는 건가, 하고 하릴없이 몸을 앞으로 쓰윽 내민 채 기다리고 있었다. 하지만 남편은 무슨 신탁이라도 고한 사람처럼 만족스러운 표정으로 그의 어깨에서 손을 떼고, 그 손을, 그대로, 찻잔으로, 가져갔다. ……

"뭐라고 하셨지요?"

츠즈키 군이 처음으로 침묵을 깼다. "타, 퐁……?"

남편은 얼굴 앞에서 손을 흔들었다.

"그게 아냐. 잘 들어봐."

그렇게 말하고 남편은 다시금 테이블 위로 두 사람을 가까이 불러들였다.

"타퐁튜—."

그야말로 자신만만하게 입을 크게 벌리고, 똑똑하게, 그렇게 말했다. 남편은, 정말로, 정말로, 그렇게 말했던 것이다. 나는, 하지 마⋯⋯라고 입술을 움직였지만 소리가 나오지 않았다.

"뭐, 뭔가요, 그 타퐁튜—라는 게?"

츠즈키 군이 물었다. 구미코는 눈을 동그랗게 뜬 채 말없이 굳어 있었다.

남편은 다시 한참이나 생각에 잠긴 기색이었지만, 이윽고 "아참, 그렇지"라고 입을 열었다.

"말을 바꾸자면 그건 **체리파하**⋯⋯야."

"엑?"

츠즈키 군의 목소리.

"뭐라구요?"

그제야 나는 가까스로 말을 끼울 수 있었다. 나답지 않게 감정이 한껏 고조되었다.

"여보, 무슨 소리를 하는 거야! 말도 안 되는 소리를……. 정말 왜 그래? 내 손님이란 말이야."

그리고 이런 나의 말은 결정적인 오해의 씨앗이 되어버렸다. 구미코는 남편이 발한 영문 모를 말들이 자신들을 놀리기 위한 것이라고 해석했다. 그녀가 기분이 상해 얼굴을 홱 돌리는 것을 깨달았다. 그때, 남편은 뭔가 마음을 정한 듯 자리에서 벌떡 일어서더니 파르르 떨리는 목소리로 나를 향해 말했다. 그런 그를 보는 것은 처음이었다.

"나는 지금 엄청나게 진지해. 내가 대충 말한 것이라고 생각한다면 더 이상 들어주지 않아도 좋아."

나를 보는 그의 눈에는 희미하게 눈물까지 글썽거렸다. 나는 너무 당황해서 뒤를 이을 말을 잃어버렸다. 그리고 그 뒤로 무엇을 어떻게 해야 좋을지 알 수가 없었다.

(이하 생략)

*

이렇게 그리운 제1원고를 다시 읽어보니 도모코 씨의 펜을 모방하고 있는 나 자신의 문장이 어느 순간부터 문득 그녀의 음색으로 내게 말을 걸어오는 듯한 착각이 든다.

천진난만하게 웃음을 머금은 도모코 씨의 목소리. 이것이 이미 고인이 된 사람의 목소리라고 하면 과연 어느 누가 믿어줄까.

6년 전 그 무렵, 스무 살의 나는 아직 대학에 다니고 있었다. 학교 가는 길목에 있던 숙부의 맨션은 항상 스스럼없이 들를 수 있는 장소였다. 빌딩 엔지니어라는 직업 특성상 야근이 많았던 숙부는 당직 후의 비번이니 공휴니 해서 오후 시간에는 대부분 집에 있었다. 그렇지 않더라도 숙부가 있건 없건 나는 언제나 마음 편히 그곳에 찾아갈 수 있었다. 자신이 태어난 고향땅과 멀리 떨어져 친하게 지내는 이웃도 없었던 도모코 씨가 나를 친동생처럼 환영해주었기 때문이다. 실제로 그녀에게 나는 나이로 봐도 말이 잘 맞는 상대였음에 틀림없다. 내가 얼굴을 내밀면 그녀는 자신이 좋아하는 찻잔에 홍차를 대접해주었다. 그렇기 때문에 내 안에서 그녀의 목소리는 항상 홍차 향기와 한데 어우러져 생각난다. 어쩌다 숙부의 귀가보다 이른 시간에 찾아갈 때면 도모코 씨는 늘 하던 대로 가만가만 찻잔을 만지작거리며 묻지 않은 혼잣말처럼 초고에 나오는 그런 일화들을 내게 들려주었다. 그런 이야기들은 클라이맥스 대목인 〈안드로메다〉의 묘사에 접어들면 제풀에 그녀의 미소를 이끌어냈다.

"사실은 이렇게 웃어가면서 할 이야기가 아닌데."

그녀는 언제나 탄식하듯이 그렇게 덧붙였다.

도모코 씨는, 대학 시절에 가정교사를 했던 숙부의 유일한 학생이었다. 그 무렵 숙부는 스물두 살이고 그녀가 다섯 살 아래여서 열일곱이었으니까 대학 입시 직전쯤이었을까. 가정교사 일을 시작하고 곧바로 그 일에 소질이 없다는 것을 깨달은 숙부는 한 차례 그만두고 싶다는 의향을 표했지만, 도모코 씨 부모의 설득으로 결국 그녀가 대학 시험을 마칠 때까지 계속하게 되었다.

대학에 진학해 아르바이트 계약이 끊긴 뒤에도 도모코 씨는 이런저런 질문거리를 만들어 당시 아직 친가에 살고 있던 숙부를 거의 매주 찾아오곤 했다. 그녀가 숙부를 사모한다는 것은 옆에서 보기에도 분명했다. 하지만 뜨뜻미지근한 숙부의 성격 때문에 그들이 결혼에 이르기까지는 예상했던 것보다 훨씬 더 오랜 세월이 걸렸다. 두 사람의 관계는 상당히 덤덤한 가운데 그나마 적극적으로 솔선하는 그녀에 의해 지속되었던 것이다.

실제로 그 당시 두 사람의 동향에 대해 우리 집안에서 가장 신경을 썼던 사람은 다름 아닌 나였다. 그녀가 세상을 떠난 지금까지도 내 안에 남은 그녀에 대한 첫사랑 비슷한 감정은 사라지지 않았다. 이것은 나만의 자그마한 비밀이다.

그녀에게 불행한 죽음은 어울리지 않는다, 라는 말이 사고 당시에 여기저기서 소곤소곤 나왔던 것도 도모코 씨의 인품을 아는 사람이라면 쉽게 고개가 끄덕여지는 일이었다. 그런 운명을 짊어질 타입이 아니었다……. 어째서 그녀가 아니면 안 되었을까……. 너무 빨리 찾아온 죽음이었다……. 믿으라고 해봤자 어떻게도 믿어지지 않는다…….

그날, 그녀의 고별식 날, 많은 사람들 앞에서 누구보다 몰골사나운 눈물과 흐느낌을 내보인 것은 숙부가 아니라 나였다. 숙부는 내 앞에서 끝까지 한 번도 눈물을 보이지 않았다. 그리고 고별식 내내 단 한 마디도 내뱉지 않았다. 출관 때의 인사말도 상주인 숙부 대신 아버지가 맡았다. 나는 훌쩍거리며 고개를 들 때마다 곁에 우두커니 서 있는 숙부의 옆얼굴을 훔쳐보았다. 그 완강한 표정에는 타인에게 어떠한 억단도 허용하지 않겠다는 조각상 같은 차가움이 가득 차 있었다.

도모코 씨의 죽음은 분명 현실로써 받아들이지 않으면 안 되겠지만, 이 소설에서는 더 이상 깊이 들어가지 않고 감정을 억누르며 이야기를 계속하고자 한다. 소설의 세계를 슬픔으로 뒤덮는 일은, 비정한 말투인지도 모르겠지만, 그것을 지속적으로 억누르는 것보다 훨씬 손쉬운 선택이다. 작자가 등장인물보다 더 많이 울고 있을 수는 없다. 숙부의 이야기를 계속하겠다.

숙부는 무슨 영문인지 자신의 일기 속에서 도모코 씨에 대한 마음을 거의라고 해도 좋을 만큼 쓰지 않았다. 인간은 일기를 쓰는 데 있어서 자기 나름의 기준을 가지는 법이지만, 숙부의 경우에도 그러한 모럴이 일관되어 있어서 스스로의 애정이나 연정 같은 것을 송두리째 배제하려고 했던 것 같다. 이로 인해 그의 일기에 대해 품었던 가슴 설레는 나의 호기심은 끝내 채워지는 일이 없었다. 도모코 씨 쪽은 어찌됐든 숙부가 그녀에 대해 과연 어떻게 생각하고 있었는가, 적잖이 버릇없는 탐색을 포기하지 못한 채, 나는 그가 글로 써서 남겨둔 것이라면 광고지 뒷면에 있는 글자에 이르기까지 수없이 자료를 뒤적였다.

그런 무리를 해가며 억지스럽게 찾아내 소개해보려는

것이 다음의 문장이다. 일단 시로써 썼던 것일까. 일기 속이 아니라 별도의 루스리프(loose-leaf. 페이지를 마음대로 뺐다 끼웠다 할 수 있는 장부나 공책—옮긴이)에 샤프펜슬로 적혀 있었다. 습작 같은, 심심풀이 낙서 같은, 뭔가 괴상한 물건이라서 이 타이밍에 삽입하기에는 약간 위화감이 있지만, 두 사람의 신혼생활을 숙부 쪽에서 파악한 몇 안 되는 흐뭇한 자료이므로 독자께서도 잠시 한숨 돌리실 겸, 여기에 게재하고자 한다.

• 숙부의 습작 시(아내에 대한 내용 두 가지)

파도타기 인큐버스에 대해

※인큐버스_남성형 몽마

아내의 말에 의하면
인큐버스는 파도를 타고 찾아온다

저 너머 물결 틈새에서 순식간에 다가와

아주 잠깐 흐늘흐늘하고

그걸로

그만 끝이다

그녀의 뺨은 여느 때 없이 상기되어 있다

이 봄날 저녁 나는 잠자리에서 술을 할짝거리며

아득히 먼 바다로 사라져 가는 인큐버스의 뒷모습을 생
각한다

(****년 / 7월)

빨래

요즘 아내는 어디서 얻어들었는지

하리마播磨 지방의 두 동자 전설이

아주 마음에 든 모양이다

이 두 명의 동자가

마음 내키는 대로 하늘을 날아다니며

빨래를 말렸다고 한다
하늘을 날아다닌다는 게 멋있잖아?
하늘을 날아다닌 게
그저 빨래를 말리기 위해서라는 게
아주 좋아.

요즘 아내는
베란다 빨래 장대에 기대서서
멍하니 하늘을 바라보곤 한다
그런 아내에게 나는
어떻게도 말을 건넬 수가 없다.

(****년 / 5월)

4

내가 보기에 도모코 씨의 죽음 이후로 사람을 멀리하는 숙부의 성벽은 그 도가 점점 더 심해졌다. 물론 누군가 말을 건네기라도 하면 나름대로 응답은 해주었다. 입가에 웃음을 띠는 일도 있었고 장소를 가리지 않고 큰소리로 웃는 일 역시 없는 건 아니었다. 그가 이전보다 명랑해졌다고 하는 사람까지 있었다. 하지만 나와 둘이 있을 때는 말수가 눈에 띄게 줄었다. 먼저 연락을 해오는 일도 없고, 예의 우키누마로 이전하면서 그런 성향은 한층 강화되었다. (숙부는 우키누마 공동주택 단지의 집에 전화도 놓지 않았고 휴대전화조차 지니지 않았다.)

······지나친 생각인지도 모르지만, 조금 전부터 나의 펜

끝이 똑같은 펜에 의해 쓰여졌던 제1원고의 문체, 즉 도모코 씨 풍으로 써내려간 문체의 궤도에 자꾸 사로잡히는 듯한 생각이 든다. 본문의 이야기가 작품 속의 인용문에게 영향을 받는다는 것은 나 자신의 방심이 빚어낸 사태이며, 이것을 간과한 채 반성하지 않는다면 작가의 존재 자체가 위기에 처한다. 6년 전에 쓴 자필 원고라고는 해도 너무 집요하게 읽어보는 건 도리어 폐해를 낳을 것이다.

다음 발췌도 제1원고에서 가져온 것이다. 굳이 필치의 변화에 관련시키자는 건 아니지만, 이제부터 소개하려는 부분은 내가 조금 전에 빠졌던 것과 정확히 반대되는 함정, 즉 여성적인 문체를 철저히 모방하려고 하면서도 어쩔 수 없이 내 본래의 글쓰기 버릇으로 되돌아가는 경향을 품고 있다. 내가 숙부의 〈안드로메다〉를 구체적으로 검증하는 단계에서 다시금 고집스럽게 도모코 씨를 화자로 빌려오는 무리수를 둔 것이 탈이었다. 또한 지금 생각해보니 그것이 제1원고의 결정적인 난점으로써 나중까지 나를 힘들게 한 점이기도 했다.

• 제1원고에서(도모코의 가정 스케치 3)

일상생활 틈틈이 남편이 입에 담는 기묘한 말들을 하나하나 헤아린다면 그건 정말 엄청난 숫자가 될 것이다. 빈번하게 사용되는 말, 단 한 번밖에 나오지 않은 말, 그런 수많은 괴상한 말들에 둘러싸여, 혹은 못 본 척 지나치며 나는 하루하루 살고 있다.

그것은 실로 아무런 전조도 없이 찾아온다. 일단 공기 중에 튀어나와 그 자리의 분위기를 밀쳐내고 혹은 후욱 날려버리고 생판 낯선 얼굴로 그곳에 군림한다. 정말 나로서는 어떻게 손 쓸 도리도 없다. 같은 자리에 함께 있으면서 거기에 대해 아무것도 하지 못한다는 건 단순히 답답하다는 정도로 안타까운 게 아니다. 마치 단숨에 온몸이 석고 속에 처박혀 꼼짝달싹 못하는 듯한, 뭔가 마법에라도 걸린 듯한 심정이 된다.

이것이 이를테면 그 직후에 웃음을 몰고 온다거나 혹은 분노를 몰고 온다면 처음부터 일은 간단하다. 이쪽의 대응 방법도 생각해내기가 쉽다.

하지만 남편은 결코 장난을 치는 것도 아니고 내게 싸움을 걸려는 것도 아니다. 그것은 무슨 목적이 있어서 튀어

나오는 게 아니라 그의 의사와는 관계없이 그 말 쪽에서 저절로 찾아오는 모양이다. 그리고 저절로 찾아오는 그런 말들은 웃음이라든가 분노라든가, 그런 흔해 빠진 감정의 영역을 교묘히 피해가며 살고 있다. 슬쩍 피해서 교묘하게 거리를 두고 결코 그쪽에 가까이 다가가는 일이 없다.

그런 돌풍 같은 충동이 찾아왔을 때, 남편은 어찌할 도리 없이 그것에 희롱당하고 크게 당황하는 것처럼 보인다. 마치 손 안에 있던 권총이 느닷없이 폭발하고 그 뒤에 거기서 피어오르는 연기를 멍하니 응시하는 듯한, 그런 복잡한 표정을 하고서 그는 우두커니 서 있다.

반대로, (이건 내 상상이지만) 그런 말들을 길들이기 위해서인지 남편은 이따금 자기 방에 틀어박혀 혼자 중얼중얼 읊조리는 일이 있다.

"퐁파, 퐁파, 아−, 퐁파구나, 퐁파, 퐁파입니다, 퐁파, 그래, 아니지, 퐁파가 틀림없어……."

이런 때의 말들은 얌전하다. 누구를 놀라게 하는 것도 아니고 그저 그의 눈길이 미치는 자리에서 조용히 놀고 있을 뿐이다. 처음 이것을 엿들었을 때, 무슨 마이크 테스트 같다고 생각하며 웃어버렸다. 하지만 이렇게 웃음 짓게 하는 일면은 거꾸로 나를 혼란에 빠뜨리는 원인이 된다.

내가 본 바로 그의 기묘한 언어에는 어쩔 수 없이 반사적으로 튀어나오는 것과 의식적으로 반추되는 것, 두 종류가 있는 것 같다. 하지만 난처하게도 요즘 들어서는 이 두 가지가 일정한 질서 없이 뒤죽박죽 섞이는 기미가 보이고, 때에 따라서는 남편이 나를 향해 똑바로 풍파를 들이대는 일까지 있어서, 그의 이성이 참으로 정상인지 아닌지 의심스러워지는 경우도 있다. 어느 쪽이건, 이제는 뭔가 손을 쓰지 않는다면 머지않아 엄청난 사태가 일어날 것만 같은 예감이 든다.

이런 상황에서 내가 가장 두려운 건 자칫 이러다가 내 귀에 면역이 생기면 어쩌나 하는 것이다. 나도 모르는 사이에 시간과 함께 그런 말에 익숙해지고 감각이 마모되고 언젠가는 전혀 이질감을 품지 않게 된다. 이윽고 나는 남 앞에서조차 남편의 묘한 말들을 얼굴빛도 변하지 않고 멀쩡히 듣고 있는 그런 인간이 되어버린다……. 정말 생각만 해도 무섭다.

내가 정상적인 감각을 유지하려면 거꾸로 그의 말에 적극적으로 귀를 기울여야 한다고 생각했다. 그런 말들을 그저 흘려듣는 게 아니라 주의 깊게 경청하는 것으로 나 자신을 불안에 빠뜨리는 이질감의 정체를 똑똑히 파악해야 한다고 생각한 것이다.

그래서 나는 남편의 말들을 채집하고 기술하고 분석해 보기로 했다. ……하지만 나의 이런 행위가 혹시 상식을 벗어난 것은 아닐까. 아니면 지극히 이성적인 것일까.

여기서는 남편이 발하는 말 중에서도 비교적 빈도가 높은 것을 선정해 검증할 생각이다. 제각각 특징이 있고, 개중에는 신기하게 애착을 품기 시작한 것도 있지만, 다양하게 취사선택을 거듭한 끝에 다음 네 가지 말로 범위를 좁히기로 결정했다. 부끄러움으로 파르르 떨리는 나의 펜을 꾸짖어가며 지금 여기에 그것을 글로 적는다.

《퐁파》
《체리파하》
《호에먀우》
《타퐁튜》

두 번째의 〈체리파하〉에 대해서는 미리 잠깐 적어둘 내용이 있다. 며칠 전 한 가지 우연한 일에서 이 말의 단서를 얻을 수 있었다.

약 일주일 전의 일이었다. 남편 방을 청소하고 있을 때, 무심코 손에 든 러시아어 입문서의 한 페이지에 붉은 밑줄이 그려져 있어 자세히 들여다보니 그 아래 〈체리파하〉라는 메모가 적혀 있는 게 눈에 들어왔다. 두근거리는 가슴을 억누르며 두 손으로 책을 펼치고 좀더 읽어보니 〈체리파하〉라는 건 우리말로 거북이라는 뜻인 것 같았다. 단단한 등껍질을 가진 그 거북을 말하는 것이리라. 아무래도 이 말은 남편이 러시아어의 명사에서 따온 것이라는 게 판명되었다. 세기의 대발견이라는 생각까지 들었다.

하지만 그 다음에 냉정하게 생각해보니, 언어 본래의 뜻을 알았다고 해봤자 그것이 내가 찾던 답인가 하면, 실은 그렇지도 않은 것 같았다. 남편의 입에서 나올 때 그 말은 이미 원래의 의미와는 아득히 멀어져 있었다. 그것은 말하자면, 예전에 거북을 가리키는 러시아어였던 것, 혹은 거북이라는 의미가 기어 나와버린 뒤의 기괴한 빈 껍질에 지나지 않았다.

그래도 나는 이 발견을 가치 없는 것으로 만들고 싶지 않았다. 어떻게든 남편에게 일침을 가하고 싶었다.

퍼뜩 이런 상상을 해보았다. ……다음에 남편이 무슨 겨를엔가 〈체리파하……〉라는 말을 한다고 하자. 그러면 그 참에 "뭐야? 거북이가 대체 뭘 어쨌다고?"라며 냉큼 대꾸해주는 것이다. 틀림없이 상당한 효과가 있을 것이다.

……하지만 기껏 그런 정도로 남편의 어휘에서 이 말이 떨어져 나갈 수 있을까? 말의 예전 의미를 알아맞힌 것이 과연 그의 언어 감각까지 뒤흔들 만큼 타격을 줄 수 있는 걸까. 아니, 그런 일은 있을 리 없다. ……결국 이 발견은 내 가슴속에 그저 담아두는 게 무난한 것이다.

그나저나……, 그때 나는 청소하던 손을 멈추고 마치 처음 보는 것처럼 남편의 책장을 찬찬히 바라보았다. 그곳에는 러시아어뿐만 아니라 프랑스어와 광둥어, 스와힐리어, 세르보-크로아티아어, 하다못해 기쿠어, 케추아어 등, 들어본 적도 없는 언어의 개설서가 늘어서 있었다. 아마도 그는 이런 언어를 습득할 목적으로 이 책들을 읽는 게 아닐 것이다. 이 세상에 아직껏 들어본 적이 없는 언어가 이렇게나 많은가, 하며 우선 열람하고, 감탄하고, 거기에서 특별히 마음에 든 언어를 골라내고, 해체하고, 그 빈 껍질을 수집하기 위해 읽고 있을 것이다.

책상 옆에 놓은 미니 컴포넌트 주위에는 입문서에 부록으로 딸려온 히어링용 카세트테이프며 CD가 어수선하게 포개져 있었다. 나는 일단 헤드폰을 집어 들었다가 이제는 무슨 짓을 해도 소용없다고 마음을 고쳐먹고 그것을 가만히 제자리에 돌려놓았다. 안타까웠다. 멍하니 책상을 바라보고 있자니 의미를 알 수 없는 남편의 말들이 눈에 보이는 활자가 되어 내 주위를 둥둥 떠돌고, 이윽고 머릿속에서 소용돌이치기 시작했다. 내 안에서 영문 모를 자포자기의 감정이 솟구쳐 그곳에 있는 모든 것을 바깥으로 내던지고 싶었다. 나는 청소기 통을 움켜쥐고 거기에 매달리듯이 한참이나 그 자리에 우두커니 서서 가까스로 몸의 떨림을 억눌렀다. ……

여기에 예로 든 〈체리파하〉 이외의 세 가지, 이 말들의 내력을 그 책장에서 찾아낼 마음은 진즉에 사라졌다. 또한 그 노력 자체에 의미가 있다고 생각되지도 않았다. 실제로 남편의 말을 낱낱이 검증하는 데는 오히려 그 발음과 그 말이 튀어나오는 시추에이션을 지극히 상세하게 글로 표현해 보는 게 더 유효할 것이라고 생각한다. 왜냐하면 아마도 바로 거기에 내가 오래도록 갈피를 못 잡고 있는 그의 불가해한 행위의 수수께끼가 숨겨져 있을 테니까. 그리고 이 스케치를 읽는 사람도 이런 과민한 초조함의 이유를 똑같이 알아주리라는 것이 내게는 무엇보다 큰 위로가 되니까.

[발음 및 사용 예]

① 첫 번째의 〈퐁파〉는 그리 큰 문제가 없다. 그대로 스트레이트하게 발음하면 된다. 배에 공기를 채우고 그것을 발음 직전까지 압축했다가 그 압력을 입술의 파열과 동시에 폭발시킨다. 평평한 막을 찢어내듯이 있는 힘껏 소리를 낸다. 이것이 〈퐁파!〉다. 이 경우, 공기의 축적과 압축, 파열의 과정은 의식하면서 행하는 게 아니다. 원 사이클로 어디까지나 순식간에 실행된다.

당연한 이야기지만 〈퐁파〉에 일정한 사용법은 없다. 남편 본인조차도 무의식중에 튀어나오는 일이 많은 눈치여서, 자기도 모르게 어느새 말해버렸다는 듯한 느낌으로 보인다. 언제 튀어나올지 알지 못하기 때문에 막상 입 밖으로 나왔을 때는 본인도 내 쪽도 동시에 간이 서늘해진다. 나 혼자 생각인지도 모르지만, 아마도 내가 느긋하게 쉬고 있을 때, 부부 생활을 만끽하며 비교적 기분이 좋을 때에 한해서만 나오는 듯하다.

그리고 이 〈퐁파〉는 그밖에도, 정확한 것은 아니지만, 이를테면 〈퐁파에 속해 있다〉라든가 〈퐁파적인 무엇무엇〉이라든가 하는 식으로 사용될 때도 있다. 지난번에도 그

랬다. 남편이 혼자 책을 읽고 있었는데, 그것이 어떤 내용이었는지는 모르지만 열렬히 손뼉까지 치며 갈채를 보내더니,

"핫핫핫하, 아아, 그건, 이봐, 퐁파잖아, 히야, 참, 완전히 퐁파네, 아무리 퐁파라지만 그건 너무 심하게 퐁파다, 하하하."

이러면서 웃음을 터뜨렸다. 잠시 뒤에는,

"퐁파할 거라면 퐁파해. 네가 꼭 퐁파하고 싶다면야 퐁파하라고. 좋아, 퐁파해, 퐁파해. 나도 퐁파할게."

그리고,

"나는 퐁파니까 일차원이라고? 나는 분명히 말해서 퐁파니까 일차원인 거야? 퐁파라고? 분명히 말해서 일차원이야? 뭐야? 퐁파라고? 나야 퐁파인 거고, 어이, 입 좀 다물어, 잠깐, 잠깐이라도 좋으니 그 입 좀!"

"입 닥치라면 닥쳐. 입 못 닥치겠어? 뭐야, 못 닥쳐? 정말로 못 닥치겠어? 입을 못 닥친다면 못 닥쳐, 나도. 나는 닥치라고?"

등등, 아니, 정확하지는 않을지도 모르지만 대충 그런 느낌으로, 마치 스스로에게 들려주듯이 중얼거렸던 적이 있다. 물론 단순히 의식적으로 미친 척하는 건지, 그런 식

으로 혼자 놀고 있는 것인지, 대충 그런 것쯤이라고 생각하지만, 그래도 신경이 쓰이는지라 여기에 함께 기록해둔다.

② 앞에도 나왔던 〈체리파하〉. 이 발음은 약간 어렵다.

우선 특징적인 것은 그 인토네이션, 즉 억양을 붙이는 방법이다. 〈체리〉 부분은 힘껏 높고 짧게, 〈파하……〉는 낮고 길며 급하게 발성한다. 그렇지, 어미의 〈파하……〉는 탄식 같은, 허망한 듯한 비애감을 함께 토해낸다. 마지막 〈하〉의 여운을 은근슬쩍 후아 하고 띄워 올리는 것도 무방하다. 즉 〈체리〉와 〈파하……〉에 대담한 고저의 차이를 두는 것이 발음의 요령이다. 이것을 정확히 발음했다면, 분명 그 사람의 미간은 〈체리〉에서 치켜 올라가고 〈파하……〉에서 아래로 처졌을 것이다. 그 참에 〈리〉와 〈파〉는 서로의 톤이 결코 가까이 붙지 않도록 주의한다. 틈새를 비우는 것이 아니다. 전후의 음정에 긴장감을 붙이는 것이다. 〈체리〉 직전에 있는 듯 없는 듯 저음의 〈아〉를 박자 맞추듯 붙여보는 것도 유효하다. 종합하면 이렇게 된다.

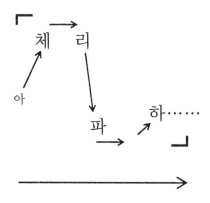

이 말이 어떤 상황에서 사용되는가, 사실 정확하게 말할 수는 없다.

가장 많은 때는, 이를테면 대화의 끄트머리 때나 지인과 헤어질 때, 또는 전화를 끊기 직전 등, 이야기가 일단락되고 서로 이해한 상태에서 자리를 파하려는, 그런 순간이 아닐까. 남편은 이 말을 실로 자연스럽게, 마치 혼잣말처럼 불쑥 중얼거린다. 말로도 들리지 않는 말이기 때문에 그 말을 들은 쪽은 과연 나한테 한 말인가 하고 일순 당황한다. 아니, 사람에 따라서는 마음에 걸려 다시 바라보며 "응? 뭐라고 했어?"라고 확인하는 일도 있을 것이다. 하지만 그런 경우에도 남편은 늘 하던 식으로 "아니, 아무것도 아니야"라는 등 어물쩍 넘겨버릴 게 뻔하다.

슬금슬금 걸음으로 복도를 스르르륵 걸어와 갑자기 멈춰 서서 〈아체리파하……〉하고는 괴상한 제스처를 쓰는 일도 있다. 그런 때는 대개 다섯 번의 슬금슬금 걸음이 전제가 된다. 슬, 슬, 슬, 슬, 슬, 아체리파하……, 즉 전통 악극에서 배우가 무대를 쓸며 걷는 듯한 느낌으로 〈1, 2, 3, 4, 5 아체리파하……〉하고 나온다. 1, 2, 3, 4, 5의 때는 아직 얼굴이 아래쪽을 향하고 있다. 그리고 〈아〉에 이르러 천천히 얼굴을 들고 정면을 똑바로 마주보며 〈체리파하……〉. 즉 〈슬, 슬, 슬, 슬, 슬, 아체리파하……〉. 웃지 않고 정색 하며 굳은 표정 그대로 〈슬, 슬, 슬, 슬, 슬, 아체리파하……〉.

하지만 이 용례도 한데 뭉뚱그려 이것뿐이라고 하기는 좀 어렵다. 이를테면 앞서 말한 에피소드, 구미코 일행이 우리 집에 찾아왔던 날의 〈체리파하〉는 단순히 〈타풍튜−〉를 대신하는 사례로서 내놓은 것에 지나지 않는다. 똑같은 얘기를 자꾸 되풀이하는 것 같지만, 이런 말에는 내용이 없고 제각각 서로와는 무관한 입장을 유지하고 있다. 그래서 그것이 언제 어떤 경우에 사용되는가를 한정하는 건 불가능하다. 방금 든 예를 보더라도 남편의 마음속에서는 내 이해력이 미치지 않는 어떤 연결 고리가 각 언어들을 서로 이어주고 있는지도 모른다.

③ 다음으로 〈호에먀우〉.

이 말은 의문문처럼 끝이 올라가기 때문에 편의상 물음
표를 붙여도 무방하리라고 생각한다.

발음이 몹시 기발하다. 어간과 어미의 두 차례에 걸쳐
억양이 매우 높아진다. 전체의 인토네이션은 비유를 하자
면 알파벳의 w(소문자)를 필기체로 휘갈겨 쓸 때 같은 경
쾌한 리듬 곡선을 그리며 〈호에? 먀우?〉라고 단숨에 발음
한다. 톤을 올리는 포인트는 도합 두 군데가 있고, 따라서
같은 높이의 파도가 한복판과 끝에 두 번 찾아온다. 이 일
련의 흐름을 단숨에 재빨리 발성한다. 발음이 정확하게
된 사람은 아래턱이 가볍게 스킵 하듯이 덜커덕! 흔들렸
을 것이다.

그 다음, 어간의 〈호에〉, 이 부분은 사실은 목젖을 사용해
야 한다. 목구멍 안쪽을 〈h r r r〉하고, 양치질을 하는 요령
으로 떨리게 하면서 그 떨림을 점차 입 앞쪽으로 밀어내듯
이 〈에〉 소리에 근접시킨다. 이때 음이 〈레〉가 되어서는 안
된다. 어느 쪽인가 하면 〈헤〉 쪽에 가까울 것이다. 이 대목
을 말로 설명하는 건 정말로 힘이 든다. 정리하자면 이렇다.

〈h r 에? 먀우?〉(단숨에 턱을 덜커덕! 하고).

처음에 나는 이것을 네 가지 말 속에 넣을지 말지 고민했다. 왜냐하면 용례가 너무나 제한적이고, 돌발성과 불가해성의 요소도 거의 없는 것이나 마찬가지였기 때문이다.

대략 추측해서 말하자면, 이것은 남편 본인이 기분 좋을 때 입에 담는 일이 많다. 지금까지의 문장 스케치에서는 그에게 이런 천진한 측면이 있다는 점에 대해서 별로 말을 하지 못했다. 여기서는 남편을 향한 나의 애정이 어째서 시들지 않는지를 밝힌다는 의미에서도 반드시 그 점을 구체적으로 적어두고자 한다.

이를테면 남편은 책 읽기에 싫증이 나면 심심한 것도 때울 겸, 가계부를 쓰거나 하는 내게 다가와 "호에먀우?"라고 하며 관심을 끌려고 한다. 지금까지의 흐름을 생각하면 좀 믿기 어려울지도 모르지만, 이건 사실 당연한 일이다. 아침 같은 때는 늦잠을 자는 나를 깨우려고 귀를 간질이며 어디서 그런 소리가 나오나 싶은 장난꾸러기 같은 목소리로 이 말을 속닥거린다. ……딱히 놀랄 것은 없다. 지금까지 그의 장난스러운 일면을 묘사할 기회가 없었을 뿐이다.

이 말의 여운은 내게 가슴이 설레는 신비한 가벼움을 느끼게 한다. 이런 말을 하면 드디어 귀에 면역이 생긴 모양이라고 의심을 살 것 같지만, 쉽게 상상되는 그대로 나는 이 〈호에먀우?〉가 견딜 수 없이 좋다. 이 세상의 신혼가정 어디에서나 이것과 비슷하게 자기들만의 특별하고도 달콤한 장난들을 볼 수 있을 것이다. 서로 고양이들처럼 지분거리거나 그야말로 유치하기 짝이 없는 소꿉놀이로 까불기도 하는 등. 남편은 그런 점에서는 어느 쪽인가 하면 무심한 편이겠지만, 그것을 대체한다는 의미에서도 이 〈호에먀우?〉는 나에게 세상 무엇과도 바꿀 수 없는 부부애의 상징인 것이다. 그런 이유로, 앞에 든 네 가지 말 중에서도 이 말만은 기회가 닿는 대로 남편을 향해 그대로 대꾸해주는 일이 많다. 우리는 숲에서 만난 작은 동물이 서로에게 나무 열매를 던지며 놀듯이 천진하게 이 말을 교환한다.

④ 마지막으로 〈타퐁튜－〉.

나는 이 말이 제대로 발음되지 않는다. 그저 멍하니 듣는 한에서는 표기 그대로의 별 특징 없는 음처럼 생각된다.

남편은 말의 의미를 캐물어도 결코 대답하는 일이 없지만, 정말 어쩌다가 한번씩 그 발음을 가르쳐주는 일은 있

68

다. 이런 때의 그는 예전에 내 가정교사로 일했던 시절과 같이 진지하게 나를 대한다. 그날도 어찌어찌하다 보니 그것이 시작되었다.

휴일이었던 그날, 나는 베란다에서 마른 빨래를 거둬들여 바구니에 담고 남편 방 앞을 지나가려고 했다. 그때, 방 안에서 책을 덮는 탁, 소리의 뒤를 이어, 한 마디 "타퐁튜-"가 날아왔다. 나도 모르게 발을 멈추고 방안으로 얼굴을 들이밀며 "타퐁튜-?"하고 복창했다.

남편은 어라, 하는 얼굴로 돌아보더니 "아, 응"이라고 말했다. 자그마하나마 반응이 온 것을 느꼈기 때문에 나는 다시 한 번 물었다.

"지금 타퐁튜-라고 했어?"

"응. 근데 정확하게는 타퐁튜-인데?"

"뭘, 내가 말한 거랑 똑같은데? 그러니까, 타퐁튜-, 맞지?"

그는 "아, 그게 아니고……"하고 손을 저으며 "타퐁튜-"라고 씹어서 머금듯이 말했다.

"타퐁튜-……?"

아니, 그게 아니야, 남편은 자신의 입가를 가리키며 "타퐁튜-"라고 다시 한 번 말했다. "지금 당신이 말한 건 타퐁튜-, 내 것은 타퐁튜-. 어때, 조금 다르지?"

나는 귀를 바짝 세우고 듣고 있었지만 그가 설명하려는 게 무엇인지 알 수가 없었다. 그렇게 생각해서 그런지, 어미의 〈튜-〉 소리는 약간 턱을 내밀고 퉁명스럽게 늘이는 느낌이었다. 과장해서 말하자면 거위처럼 입을 벌리고 〈튜-〉의 〈유〉에 힘을 주는 것이라고 할까.

"타퐁튜-……?"

"응, 그래, 지금 그거, 잘했어. 타퐁튜-."

"타퐁튜-. 타퐁튜-."

너무 열심히 하는 바람에 어느새 소리를 내는 내 입이 도널드 덕처럼 되어버린 것을 깨달았다. 어쩐지 천박한 꼴을 연출한 기분이 들어 나는 갑자기 부루퉁한 표정을 지으며 방을 나와버렸다.

이 말의 사용 빈도는 앞서 말한 세 가지에 비하면 상당히 드물다.

이를테면 뭔가 화제가 한군데로 모여져 결론이 나려고 할 때, 그 중심에 자리 잡을 가장 중요한 말을 슬쩍 가로채 이 〈타퐁튜〉로 바꿔버린다. 남편이 구미코와 그 남자친구 앞에서 했던 것과 같은 그런 사용법이다. 이 말을 들은 사람은 순간적으로 어떻게 해야 할지 모르겠는 불안한 마음을 품게 되고, 자기도 모르게 얼굴을 찌푸리며 심각한 표정을 짓는다. 곁에서 듣고 있던 사람이 있다면, 뭔 소리야, 하며 서로 얼굴을 마주보고 잠시 고개라도 갸우뚱하고 싶어진다.

그밖에 조금 전에 예로 든 것처럼 한 권의 책을 다 읽은 뒤라든가 뭔가를 완료한 뒤에, 말하자면 〈끝!〉이라는 뉘앙스로 이 말을 입에 올리는 것 같기도 한데, 어떤 경우가 됐건 이건 그리 많지 않은 장면의 사례에서 내가 마음대로 상상한 것일 뿐이라서 믿을 만한 것인지 어떤지는 상당히 의심스럽다고 할 수밖에 없다. ……

5

의미 없는 말에 대해 진지하게 생각한다. 이것이 과연 의미 있는 행위일까?

길게 인용한 그녀의(실은 나의 펜에 의한) 〈안드로메다〉 검증에 대해, 한 차례 읽어보고 어딘지 모르게 쓸데없다는 인상을 받게 되는 것도 사실 검증하는 말에 정확한 내용이 없어서 부재의 중심 주위를 빙글빙글 헛도는 듯한 아쉬움이 있기 때문임에 틀림없다.

스스로 의미나 내용을 갖지 않는 말, 그것은 대개 마구잡이 소리의 나열이지만, 그런 소리를 무슨 심오한 뜻이 있는 말이라는 듯이 진지한 얼굴로 입에 올리는 숙부의 행위는 가만 생각해보면 그저 흘려듣자고 마음먹는다고 쉽게 흘려들을 수 있는 일이 아니다. 숙부의 〈안드로메다〉에 대해 그 의미까지는 아니더라도 최소한 사용 장면만이라도 한정해보려고 노력하지 않을 수 없었던 도모코 씨의 심경은 그 집안의 당사자로서 당연한 욕구일 것이다. 나 또한 그 말을 들을 때마다 항상 그렇게 느꼈다.

하지만 여기서의 검증은 그 시점의 성격상, 어디까지나 장면 소개라는 영역에서 벗어나지 못했다. 숙부가 어쩌다가 그런 충동에 내몰려 계속 기묘한 말을 발하게 되었는가, 하는 핵심의 파악과는 거리가 먼 것이다. 제1원고가 가진 최대의 결함, 도모코 씨의 시선에 의한 단선적인 묘사의 한계점이 바로 여기에 있다. 당초 나는 〈안드로메다〉에 대한 보통 사람들의 이질감을 되도록 생생한 형태로 전해주고자 이 방법을 시도했었다. 하지만 글을 써내려가는 동안, 이 방법은 안드로메다의 표면적인 인상 기술에만 그치게 된다는 난점이 여지없이 드러났다. 만일 이런 글을 억지로 계속 써내려간다면 작자의 본의와는 다르게 숙부의 인간상을 지나치게 신비화하는 결과가 나올 것이다. 앞으로 그의 일기를 풀어놓기 위해서도 이쯤에서 한 차례 정리하고, 내 시점에서 바라본 숙부의 인간과 성장과정에 대해 대략적인 내용을 서술해야 할 것이다.

나와 숙부는 예전에 오래도록 친가의 같은 집에서 살았다.

숙부의 어머니, 즉 나의 친할머니는 숙부가 태어나고 얼마 후 당시 유행하던 병 때문에 세상을 뜨셨고, 부친(나의 친할아버지를 말한다)도 숙부가 대학에 들어가기 전에 영면하셨다. 그래서 그는 15년이나 차이나는 형인 나의 아버지의 도움을 받아 대학을 졸업했고, 직장을 얻은 2, 3년 뒤에는 친가를 나와 독립했다. 그렇기 때문에 외아들이었던 나와 젊은 숙부는 실질적으로 형제간처럼 자랐다. 숙부는 어린 시절부터 가장 좋은 이야기 상대였다.

내가 기억하는 소년기의 숙부는 딱히 별다른 점이 없었다. 극히 평범한 말라깽이 어린 사내아이였다. 말을 더듬는 경향이 약간 있기는 했지만, 그밖에 건강 면에서는 나무랄 데가 없어서 의사를 찾아간 일조차 거의 없었다고 들었다.

숙부는 그 내성적인 성격 때문인지 집 밖에 어울려 노는 친구들을 두지 않았다. 그리고 그런 사람들이 대개 그렇듯 이른 시기부터 철저한 책벌레였다. 어린 시절, 내가 방을 들여다보면 항상 그곳에는 책을 읽는 고독한 그의 모습이 있었다. 나는 곧잘 숙부의 방에 들어가 뭔가 읽어달라고 졸랐던 것을 기억한다. 실제로 그렇게 해서 얼마나 많은 것을 배웠는지 모른다. 수많은 나라 이름, 대륙 이름, 바다 이름, 강 이름, 항구 이름, 별 이름, 고대왕조 이름, 유행가 이름, 꽃 이름, 벌레 이름, 화가 이름, 여배우 이름, 그리고 그의 이야기하는 방식, 웃는 방식, 침묵의 방법, 느닷없는 휘파람, 눈을 꾹 감거나 이마를 바닥에 대고 벽에 몸을 세우거나 딱 굳어버리거나 쉬잇!이라든가 큭!이라든가 짧게 숨을 토해내기도 하는 그 세세한 몸짓의 구석구석에 이르기까지, 숙부는 유년기의 나에게 생각할 수 있는 한 절대적인 영향을 미쳤다.

그즈음의 숙부와 관련하여 가장 먼저 언급해둘 것은 지금까지 수없이 등장했던 〈퐁파〉라는 말이다. 내가 기억하는 한, 이 〈퐁파〉는 친가의 나이 드신 조부가 자주 입에 올리셨던 말이다.

도모코 씨가 숙부에게 했듯이 어린 시절의 나는 곧잘 이 〈퐁파〉의 의미를 조부에게 묻곤 했다. 조부는 소탈하고 자식을 끔찍이 아끼는 분이었지만, 이 질문에 한해서는 웃기만 하고 상대해주지 않으셨다. 이상한 것은 퐁파에 전혀 무관심했던 아버지와는 달리 그 동생인 숙부는 일찍부터 퐁파, 퐁파, 하고 중얼거리고 다녔다는 것이다. 나는 이 현상을 상당히 무겁게 받아들였다. 혹시 이건 우리 집안에 대대로 전해 내려오는 것이고, 오직 한 명의 아들에게만 전해지는 비밀스러운 주문인지도 모른다는 둥 어린애다운 억측을 나 혼자 반쯤은 진심으로 궁리해보곤 했다.

생각건대 조부는 이 말을 숙부나 내가 태어나기 이전에 만담이나 이야기판 혹은 텔레비전에서 어쩌다 언어듣고 (그런 일이 있을 수 있다면 그렇다는 말이지만), 나중에 뭔가 답답한 일이 있고 그걸 머릿속에서 깨끗이 몰아내고 싶을 때나 남이 들어서는 별 재미없을 혼잣말을 쓱쓱 지워버리고 싶을 때 이 말을 내뱉었던 것이 아닌가 싶다. 조부의 경우, 풍파는 그저 순수한 버릇이었을 뿐, 결코 현재 숙부를 파먹고 있는 식의 병적인 충동 같은 건 요만큼도 없었다. 두 사람의 풍파 사이에는 명백한 단절이 존재한다.

물론 숙부의 풍파 역시 처음에는 조부의 그것과 같이 별다른 뜻이 없는 좋은 의미의 것이었음에 틀림없다. 발단이 무엇인지는 모르겠지만 숙부는 대충 장난으로 그 말을 수없이 입에 올리는 사이에 거꾸로 그 말에 사로잡히고 말았다……. 아마 그런 게 아닐까.

귀에 달라붙기는 쉬우면서도 그 자체는 전혀 의미를 갖지 않는 말이라는 건 생각해보면 퍽 무섭다. 그것은 블랙

홀처럼 인간을 빨아들여 어두운 구멍 속으로 삼켜버린다. 실제로 나 같은 사람도 어린 시절에 한때 그런 방식에 휘말려 풍파의 포로가 되었고, 그 이래로 그것이 완전히 입술에서 잊혀 사라지는 일이 없었다.

나 자신의 기억에 비춰보아도, 숙부가 이전부터 어떤 종류의 지리멸렬한 음렬에 대해 비상한 관심을 가지고 있었다는 것은 부정할 수 없다. 그는 뭔가 사소한 계기에 자신의 기호에 맞는 음을 찾아내고 몸에 익기까지 그것을 입속에서 웅얼웅얼 가지고 놀다가 이윽고 자신의 약롱중물藥籠中物(항상 곁에 있어야 할 긴요한 심복─옮긴이)로 만들어버렸다.

숙부는 예전부터 경전을 암송하는 게 특기였다.
우리 친가가 늘 다니는 절은 정토진종이었는데, 그것 외에도 매일 아침 조부는 시코쿠四國의 각 절을 참배할 때 사용하는 밀교진언을 불전에 읊어 올렸다. 조부는 기후岐阜의 온타케산御嶽山에 대한 신앙, 이른바 온타케 교에도 깊이 정통해 그 지역 신도 모임의 지도자까지 올랐던 사람이다. 친가의 안쪽 거실, 대략 다섯 평쯤 되는 넓은 방에는 한 달에 한 번씩 신자들이 모여들고 호마(밀교 비법의 하나로, 부동명왕 앞에 불을 피워 재앙이나 악업을 없애는 의식—옮긴이)의 연기가 가득한 속에서 접신 의식을 행하기도 했다. 조부 자신이 매개체가 되어 죽은 이들의 넋을 받아 각각의 가족과 이 세상 것이 아닌 대화를 주고받는 모습을 어린 시절의 나는 두려움과 신기함이 뒤섞인 마음으로 지켜보았다. 허연 눈을 뜨고 명백하게 음색이 바뀐 조부의 저 광인 같은 표정. 정상이라고 할 수 없는 그러한 접신 행사가 내 집에서 벌어졌다는 게 아직도 도무지 믿어지지 않는다.

숙부도 나도 매일 아침 그런 조부의 독경소리를 들으며 자랐다. 숙부는 더구나 당시 그것을 모조리 암송할 수 있을 정도에 이르러 있었다. 그가 특히 좋아하고 자주 입에 올렸던 것은,

"옴 아보카—베—로샤노—마카보다라—마니한도마진바라하라바라말다야 훔."

이라는 진언이다. 숙부는 걸핏하면 이 주문 같은 말을 읊조리며 두 손의 손가락으로 갈고리나 새우 모양 같은 복잡한 결인結印을 의기양양하게 만들어 보였다. 그리고 마지막에는 "하앗!"하고 우렁찬 기합을 날려서 나를 화들짝

78

놀라게 하곤 했다.

귀에 익지 않은 인명, 서명 등에 흥미를 보인 일도 있었다.

숙부는 당시 풍파와 마찬가지로 혼자 놀기 위한 심심풀이용 말을 다수 비축하고 있었다. 그중에는 저 체리파하처럼 뭔가 내력을 가진 것이 많았다. 후년이 되어 출처가 널리 알려진 〈도치리나 키리시탄(Doctrina Christam. 기독교의 근본 교리를 스승과 제자의 문답 형식으로 요약한 책. 1560년 포르투갈의 마르코스 조지에 의해 편성되었으며, 일본에는 포교서로서 1591~92년, 1600년의 두 차례에 걸쳐 간행되었다. 불교의 독경을 모방해 낭독에 적합한 언문일치의 문체와, 라틴어와 포르투갈어 등의 원어를 그대로 사용했다-옮긴이)〉이라는 말도 그중 하나로, 이것은 옛 선교사가 나가사키의 '키리시탄(크리스천의 일본식 발음-옮긴이)'을 위해 라틴어 음을 일본어로 표기한 유명한 서책의 이름이다. 하지만 어린 내가 물론 그런 내용을 알 리 없었고 숙부가 너무도 빈번하게 이 말을 입에 올리는지라 나도 같이 따라서 무심코 "도치리나, 도치리나"하고 다녔던 것이다. 중학생이 되어 역사 교과서에서 이 말을 발견했을 때, 나의 경악이 어떠했을지 상상해보시기 바란다. 이 일본식 철자의 기묘한 시각적 효과! 게다가 그것이 권위 있는 역사 교과서 안에 마치 농담처럼 활자로 인쇄되어 있었다. 그 충격은 내 존재를 크게 뒤흔들었다고 해도 좋을 정도였다.

숙부가 고등학교를 다닐 즈음에는 '응구기 와 지옹고'라는 말이 유행했다. 유행이라고는 해도 숙부 혼자서 유행시킨 것에 지나지 않았지만, 그는 몸을 비비 트는 동작과 함께 "응구 응구 응구기, 응구 응구 응구기"를 열심히 중얼거리며 집 안을 돌아다녔다. 어느 날 나는 숙부를 따라 집에서 한참 떨어진 시내 대형 서점에 나간 일이 있었다. 숙부는 나를 아동문학 코너에서 놀고 있으라고 해놓고 자신은 카운터에 책을 주문하러 갔다. 한참 멀리 떨어진 곳에 있었던 내가 어쩌다가 그 대화를 들었는지 지금도 마냥 신기하기만 한데, 그때 숙부는 서점 점원을 향해 분명히 이렇게 물었다.

"응구기 와 지옹고, 검색할 수 있어요?"

여점원은 할 말을 잃은 채 숙부의 얼굴을 빤히 쳐다보며 한순간 몸의 움직임을 멈췄다.

"실례지만, 뭐라고 하셨지요?"

"응구기 와 지옹고."

"네?"

"저기, 응, 구, 기……."

점원은 명백히 동요하고 있었다. 그리고 눈앞에 서 있는 젊은이의 이성에 적잖이 의심을 품으면서도 신중한 자세로 목록을 찾기 시작했다. 나는 평소에 하던 우스갯소리를 이런 공공장소에서, 게다가 일반인을 상대로 내뱉는 데 그만 깜짝 놀라서 즉시 달려가 그의 옷자락을 잡아당겼다. 하지만 뒤를 돌아보는 숙부의 얼굴이 또한 진지하기 그지없었다.

"아직 볼일이 안 끝났어. 잠깐만 더 저쪽에 가서 기다려"라고 숙부는 내게 말했다.

나는 다시 한 번 깜짝 놀랐다. 그것이 실존하는 아프리카 작가의 이름이라는 것을 집에 돌아온 뒤에야 처음으로 알았던 것이다.

대학에 들어간 숙부는 자기 방에 큼직한 책장을 마련하고 거기에 자신이 읽은 책을 꽂아나갔다. 나는 내가 읽을 수 있는 책이 없는지 발돋움을 해가며 책장을 물색하곤 했지만 웬만해서 그런 책은 눈에 띄지 않았다. 나는 숙부가 중학교 시절에 샅샅이 읽었다는 문학전집을 그의 책상과 함께 물려받았고, 어른들은 당분간 그걸로 충분할 것이라고 생각했다. 하지만 한창 호기심이 왕성하던 내가 그리 쉽게 숙부의 책장에 대한 관심을 끊을 리 없었다. 어느 날 나는 숙부의 책장에서 링겔나츠(Joachim Ringelnatz. 1883~1943. 독일의 시인-옮긴이)의 시집을 발견하고 의자를 발판 삼아 그것을 꺼냈다. 그 책은 나도 읽을 수 있을 듯한 책이었기 때문에 즉각 내 방에 들고 와 읽기 시작했는데 책장 사이에 한 장의 루스리프가 네 번 착착 접혀 끼워져 있는 게 눈에 띄었다. 그 종이에는 숙부의 필적으로 다음과 같은 글이 적혀 있었다.

에나리루왓호나우,
에낫테리에니렛사
아포-마-세-토토이-마-세,
아비-지라니아우밧타우
아쿠라이빙토-자타,
이스-마세-후오,
이나네호토우
메키쿠리토후,
에바와리라이엔요-샤아-룻, 렛,
탄덴인자라,

아-라챠,

우에-피-포-세-인마가-잣탓시-스토-데나,

노포-리낫릿메에-이닌,

메-아-제-고혼,

아아자-데노오-마논,

아로-나겐-누, 낫추루이

이 메모를 읽고 나는 그 의미가 너무나 궁금했지만, 뭔가 중요한 비밀을 훔쳐본 듯한 죄책감 때문에 직접 숙부에게 종이를 들이밀며 캐묻기는 아무래도 조심스러웠다. 그렇기는 해도 그저 가만히 있는 것은 내 호기심이 허락하지 않았다. 이틀쯤 뒤의 어느 저녁나절 나는 숙부의 방으로 가 일단 시집을 빌린 것에 대해 양해를 구하고, 슬그머니 그 접힌 메모 용지를 내밀었다. 이하 대화체로 재현해본다. (그가 말을 더듬은 부분은 수정했음)

"이거, 그 책 속에 끼어있던데. 이게 뭐야?"

"응? 아, 그거?"

"뭐야, 이나리르왓호, 라는 게?"

숙부는 등을 돌린 채 잠깐 웃는 것처럼 보였다. 마침 책장 정리를 하고 있던 그는 온통 책이 어질러진 방 한가운데 비좁게 앉아 있었다. 나는 책의 동그라미 바깥에 선 채로 숙부의 대답을 기다렸다. 이윽고 숙부는 어쩔 수 없다는 기색으로 몸을 돌려 나를 보았다.

"그거 노랫말이야."

"응? 노랫말? 이게?"

"그래."

"무슨 노래?"

"무슨 노래냐니⋯⋯, 길버트 오사리반의 「얼론 어게인」이야. 너도 알지?"

"모르겠는데?"

"왜, 그거 있잖아, 피아노 치면서 노래하는 거, 도입 부분이 딴따따, 딴따다, 딴따따, 딴따따⋯⋯."

"아, 알았다, 나도 알아. 삼촌이 자주 듣는 노래, 영어로 하는 그거!"

"딴따따, 딴따따, 이나리르왓호나우⋯⋯." 그대로 숙부는 기분 좋은 듯 노래를 시작했다. 일부러 강한 일본어 발음으로.

"이나리르⋯⋯, 아, 그런 거였구나."

"아포–마–세–토토이–마–세⋯⋯."

"하지만 그거 뭔가 이상한데? 삼촌은 원래 영어로도 잘

84

하잖아? 아이, 말해봐, 삼촌."

"하하하하, 이제는 가사를 안 봐도 노래가 되네. 들어봐, 에바와리라이엔요-샤아-룻, 렛, 탄덴인자라, 아-라챠, 우에-피-포……."

"어휴, 됐다니까. 왜 그냥 보통 영어로 노래 안 해? 레코드처럼 멋지게?"

"왜냐니, 이건 콧노래잖아. 근데 왜 혀를 꼬아? 그게 오히려 더 이상하지. 아니꼽잖아."

"삼촌이 더 이상해. 그 노래하고는 완전히 틀리잖아!"

"바로 그게 좋은 거야. 얘가 뭘 모르네. 완전히 다르니까 좋은 거라고."

이런 장면의 세세한 기척을 대화로 적어나간다는 건 적잖이 무리한 일이다.

요컨대 숙부의 말은 이런 것이다. 하나의 노래를 수없이 되풀이해서 흥얼거리는 사이에 '불편한 영어식 발음은 아예 내던져버리자!'라는 일종의 포기가 어느 순간 홀연히 솟구친다. 그러면 그 선서를 경계로 노랫말의 발음은 입속에서 점차 환골탈태하여 애매한 중간 소리는 간단하게 사사오입, 마침내는 완전히 일본어적인 아이우에오 아카사타나 50음의 틀에 맞게 모조리 디지털 수정된다. 아단은 과장스러울 만큼 정확히 〈아〉로 하고, 에 단은 과장스러울 만큼 정확히 〈에〉로 매끄럽게 발음한다. ……이렇게 만들어진 심플한 바둑판 눈금 같은 발음들을 한 음 한 음 꼼꼼하게 바꿔주면 예의 노랫말 카드가 완성되는 것이다. 나는 그 과정을 알고 한참 동안 어이가 없어 말도 나오지 않았다. 숙부가 장난을 치는 것이라면 그나마 이해가 된다. 하지만 그런 가벼운 장난이 아니라 은밀히 종이에 적어가며 그야말로 진지하게 파고들었던 것이다. 그렇게 해서 애매한 중간 음과 결별하고 아무 멋도 없다고 할 50음으로 바꾸어서 얻을 수 있는 게 과연 무엇일까. ……우스꽝스러움? ……처음에 나는 그렇게 생각했다. 하지만 곧 그렇지 않다는 확신이 들었다. 그것은 뭔가 말로 표현할 수 없는 감각, 불가해한, 가능하면 설명을 피하고 그 자리에서 도망치고 싶은, 이른바 모종의 금기에 깜빡 손을 대버린 듯한 감각이었다. 그런데 그런 감각을 오히려 자신쪽에서 적극적으로 원한다는 것, 거기에서 숙부는 뭔가 커다란 쾌락 같은 것을 느끼는 모양이라고 생각하는 것 외에는 설명할 도리가 없었다.

그런 까닭으로 그즈음 그는 기분 좋을 때마다 그런 류의 콧노래를 신나게 으쌰 으쌰 부르곤 했던 것이다.

6

언어를 둘러싼 숙부의 기묘한 행동에 대해, 이상 생각나는 대로 묘사해보았지만 이런 정황을 더욱더 깊이 있게 파고들자면 그가 어린 시절에 고통스럽게 격투했던 말더듬이 버릇의 실상을 정리해둘 필요가 있다. 여기에 관해서는 공연히 내가 나서서 대필을 하는 것보다 간단히 본인의 일기를 한바탕 읽어보는 게 이야기가 더 빠를 것이다. 그런 연유로 마침내 숙부의 일기를 소개할 순서가 되었다.

일기라고는 해도 날마다 꼬박꼬박 쓴 것은 아니고 그저 생각난 일을 자기 좋을 때 자기 좋을 만큼 써내려가다 문득 펜을 멈춘 자리에 그날의 날짜가 메모되어 있었다. 따라서 그것은 체제 면에서 보자면 일기라기보다 수기라고 해야 할 것이고, 기록된 일화들이 반드시 그날 있었던 일이라고 할 수도 없었다. 오히려 과거의 회상에 소비된 페이지가 더 많은 편이었다. 노트 중에서 가장 오래된 건 숙부가 스물일곱 살 때, 즉 도모코 씨와 결혼하기 일 년 전부터 쓰기 시작한 것이다. 만년필로 썼지만, 사용이 그리 익숙하지 않았는지 군데군데 잉크가 번진 흔적이 있었다. 그 스물일곱 살의 노트 중에서 말더듬이에 관한 부분을 아래와 같이 발췌한다.

• 숙부의 첫 번째 일기에서(말더듬이의 추억)

나는 오래도록 〈키츠츠키(딱따구리)〉라는 단어를 발음하지 못했다.

첫 음이 〈키〉고, 이어서 두 번째 음이 〈츠〉라니, 이 〈키츠츠키〉는 마치 누군가 내 말더듬이 버릇을 모조리 조사하고 연구실험까지 한 끝에 일부러 만들어낸 것 같은, 한 치의 빈틈도 없는, 끔찍하도록 완벽한 단어였다.

나는 50음의 행 중에서도 특히 〈카〉행과 〈타〉행이, 그리고 단에서는 〈이〉단과 〈우〉단의 발음이 가장 어렵고 힘

들었다. 말을 더듬는 사람에게는 이처럼 잘 안 되는 음과 그렇지 않은 음이 있다. 대화 중간에 잘 안 되는 음을 맞닥뜨리면 그 즉시 단어를 다른 것으로 바꾸거나 말끝을 얼버무려서 어떻게든 더듬는 것만은 피해보려는 심리가 발동한다.

나에게는 특히 타 행의 〈타, 치, 츠, 테, 토〉 중에서 〈치〉와 〈츠〉가 가장 경계해야 할 음이었다. 이 두 개의 음은 타행의 다른 세 가지 음과는 그 종류가 다르다는 것을 나는 말더듬이 아동 특유의 감으로 이른 시기부터 의식하고 있었다. 원래대로 하자면 〈타, 티, 투, 테, 토〉가 되었어야 마땅할 행 중간에 어째서 〈타, 치, 츠, 테, 토〉라고 엉뚱한 것이 혼입되었는지, 항상 의문이었다. 이것들과 조우할 때마다 마치 잘 익은 감을 먹다가 딱딱한 씨를 깨문 것처럼 덜컥, 하는 이물감을 느꼈다.

〈키츠츠키〉는 언뜻 보면 단순한 문자배열 속에 나의 그런 약점을 그야말로 기막히게 체현해놓은 단어였다. 이 말은 비록 최소 단위이기는 하지만 이른바 회문형回文型이어서 〈키〉로 시작한 음렬이 앞뒤가 대칭을 이루며 다시 〈키〉로 돌아오는 구조를 가지고 있다. 내가 발음하기 쉬운 것은 어미가 〈응〉이나 〈~〉의 장음으로 끝나는 소리, 음을 마지막까지 망설임 없이 마음껏 발음하는, 말하자면 〈갈데까지 가버리는 스타일〉의 단어였다. 하지만 〈키츠츠키〉는 그런 나의 작은 도주로조차 샅샅이 막아버린 실로 음험하기 짝이 없는 단어였다.

이 단어에 대항하여 나는 내가 생각할 수 있는 온갖 방법으로 공략을 시도했다. 그중에서 가장 유력한 방법으로 생각되었던 것은 단어의 생성과정을 파악하여 중간에 끊어서 발음할 곳이나 소리의 강약을 찾아내는 방법이다.

〈키츠츠키〉라는 새는 나무를 딱딱 쪼기 때문에 〈키츠츠키〉라는 이름이 붙었다. 즉 〈키(나무)＋츠츠키(쪼기)〉이다. 따라서 우선은 〈키〉를 발음해본다. 그런 다음에 〈츠츠키〉라고 뒤를 잇는다. 잘 될 것 같은 마음이 들었다.

생각건대 말을 더듬는 자가 두려워하는 최대의 요새는 말머리의 첫 음에 걸린 압력의 크기이다. 이 압력이란, 다시 말하면 첫 음 뒤에 따라오는 음력의 총량임에 틀림없다. 〈키츠츠키〉의 경우, 뒤따라오는 총량이란 〈츠·츠·키〉세 글자 분량의 무게를 말하는 것이고, 이 소리들이 첫 음인 〈키〉한 글자에 전체적인 무게를 덮씌우도록 배치되어 있기 때문에 이 압력이 혀를 한없이 망설이게 하는 것이다. 그러므로 일단 첫 음을 뒤따라오는 소리에서 분리시킬 필요가 있었다. 〈키〉라는 첫소리라면 낼 수 있다. 그 소리를 낸 뒤에, 침착하게 〈츠츠키〉를 발음한다……. 나는 기대감으로 벅차오르는 가슴을 안고 은밀히 연습에 연습을 거듭했다.

하지만 그것은 아무리 해봐도 〈키, 츠츠키〉, 아무리 말하고 또 말해도 〈키, 츠츠키〉였다. 〈키, 츠츠키〉는 나 이외의 사람에게는 결코 〈키츠츠키〉를 가리키는 말이 아니었다. 어디까지나 그것은 〈키, 츠츠키〉라는 다른 무엇이었던 것이다.

또 하나의 방법은 노래였다.

노래나 독경을 할 때는 말을 더듬지 않는다. 그것은 원래부터 일정한 리듬이 정해져 있는데다 한 음 한 음을 길게 늘이면서 발음할 수 있기 때문이다. 리듬은 중요한 요소다. 통상 인간은 무의식적으로 언어에 리듬을 붙이고 거기에 따라서 말을 한다. 아무래도 나에게는 애초에 이 감각이 결여된 모양이다. 그래서 기성의 박자를 언어에 끼워 맞춰 이것을 고쳐보자는 것이 내 의도였다.

우선 처음에는 노래하듯이 〈키~츠츠키~〉라고 발음한다. 그리고 그것을 차츰차츰 본래의 〈키츠츠키〉로 근접시킨다.

하지만 이것 역시 실패였다. 이 방법으로 발음하면 내 말에는 끊임없이 묘한 억양이 요구되었다. 게다가 듣는 사람에게 노래라는 것을 들키지 않으려고 애쓰는 무리한 힘까지 방해를 하는 통에 나는 아무리 해봐도 술에 취한 듯한 〈키츠츠키〉새밖에는 날리지 못했다.

이러한 시행착오의 도상에서 나는 한 가지 사실을 깨달았다.

현실적인 시간의 흐름 속 어딘가에 티 없이 깨끗한 발음을 가능하게 하는 순간이 극히 드물게 포함되어 있다는 사실이다.

운 좋게 그 순간을 잡아 첫소리를 밀어냈을 때, 나는 스스로도 믿기 어려울 만큼 유창하게 〈키츠츠키〉를 발음할 수 있었다. 하지만 그 순간을 정확히 포착한다는 것은 참으로 어려운 기술이었다.

예를 들면 그것은 에스컬레이터의 수많은 계단 중의 한 곳에 표시를 해놓고, 그 표시된 계단이 나타날 것을 미리 알아내 거기에 멋지게 첫발을 얹는 듯한 일이었다. 계단은 차례차례 쉼 없이 생겨나 달려오지만 대부분 아차 하는 순간에 발을 얹을 타이밍을 놓쳐버리는 것이다.

그 순간을 붙잡는 확실한 방법이라는 게 있을 리 없었다. 하지만 연습을 많이 해서 그 순간을 가늠하는 법을 연마하는 것이라면 가능했다. 여기서 필요한 것은 무엇보다 안정된 호흡이었다. 마음을 가라앉히고 호흡이 일정한 박자를 새기도록 신중하게 숨을 토해낸다. 그러면 이윽고 호흡의 리듬 뒤편에서 이것과는 별개의, 눈이 핑핑 돌게 회전하는 문자의 차바퀴가 떠오른다. 그것을 찬찬히 관찰해 깜빡깜빡 명멸하는 최상의 한 점을 끝까지 지켜보고 거기에 턱이며 어깨의 움직임이 나란히 따라 달리도록 리듬을 잡는다. 그 다음에는 그저 용기 있게 나가는 것뿐이다. 발끝만 슬그머니 얹으려는 어정쩡한 태도로는 도저히 발성이 안 된다. 그 한 점에 온몸으로 뛰어들어야 비로소 순진무구한 〈키츠츠키〉는 태어나는 것이다.

후년에 백과사전을 읽어본 바로는, 말더듬이란 대부분 세 살부터 다섯 살까지의 유아기에 그 뿌리를 두고 있다고 한다. 사물의 이름을 가리키고자 하는 욕구가 일시에, 또한 과잉하게 분출되는데 비해 구강 기능이 거기에 따라주지 않아 공회전을 하는 것이 첫 시기의 원인이라고 한다. 이윽고 자아의식이 발달하면서 그 공회전을 스스로 〈장애〉로 인식하고 두려움을 품게 되면 말더듬이는 그 사람의 의식

속에 처음으로 악마적 부동의 존재로서 우뚝 서게 된다.

날로 심해지는 말더듬이 버릇을 큰일이라고 생각한 아버지는 내가 초등학교에 올라가자 곧바로 언어장애아를 위한 무료 상담실에 보내 이것을 교정해주려고 했다. 이리하여 매주 일요일 오전, 나는 멀리 떨어진 다른 초등학교에 개설된 '언어 교실'에 자전거를 타고 다니게 되었다. 하지만 그 언어 교실은 결코 실용적인 발성법을 전수해주지 못했다.

수업이 시작되면 강사는 3분 남짓 간단한 훈시를 늘어놓았다. 고대 그리스의 데모스테네스는 어린 시절에 말더듬이였지만 이를 끈기 있게 극복해 저명한 웅변가가 되었다. 항상 똑같은 이야기였다.

그 다음은, 말더듬이 아동들을 별실에서 기다리게 하고 순서대로 한 사람씩 연구실로 불러 임의의 책을 낭독시키고 그것을 열심히 카세트테이프에 녹음했다. 아마도 학회 발표용의 샘플인지 뭔지가 될 것이라고 어린 나름대로 상상했었다.

우리를 의자에 앉히고 녹음기의 스위치를 누르며 "자, 시작!"이라고 알리는, 그저 그것뿐이었다. 자신의 추한 말더듬이 소리가 기록되는 데 대한 수치심, 쌓여가는 자기혐오만이 그 교실에서 맛본 모든 것이었다.

언젠가 강사가 모두에게 자신의 말더듬이에 대한 소감을 글로 쓰게 한 적이 있었다. 나는 마음을 굳게 먹고 〈키츠츠키〉를 발음하는 어려움에 대해 절절히 써내려갔다. 그날 안으로 나는 연구실로 불려갔다.

"자, 착하지? 전혀 무서워할 거 없어. 용기 있게 발음해봐."

강사는 그렇게 말하고 익숙한 손놀림으로 녹음기의 스위치를 켰다. 안경 너머의 그의 눈이 쩝쩝 입맛을 다시는 것만 같았다. 테이프는 무기질적인 소리를 내며 돌아갔다. 나는 궁지에 몰렸다. 하필이면 가장 발음하기 힘든 단어를 고백하는 바람에 나는 당장 그 말을 억지로 발음하지 않으면 안 되는 처지가 된 것이다.

"키츠츠키. ……자, 해봐"라고 강사가 말했다. 나는 어떻게든 나 자신을 침착하게 가라앉히려고 발버둥 쳤다.

"자, 어서 해봐. 키츠츠키."

"……키……."

"키츠츠키. 자, 하나 두울!"

"키이, ……츠, 츠키."

"다시 한 번."

"키, 츠츠키."

"중간에 끊지 말고 이어서 말해봐. 자, 키츠츠키."

나는 온몸에 흠뻑 땀을 흘렸다. 강사의 눈이 뭔가 슬픈 것을 바라보듯이 나를 보고 있었다. 환상의 에스컬레이터 계단, 회전하는 바퀴가 헛되이 뇌리에 떠올랐다. 마음을 굳게 먹고 숨을 들이쉬었다. 그리고……,

"……키, 키, ……키이키, 키, ……킷, 키, 키이잇……"

……아무리 애를 써도 〈츠키〉는 나오지 않았다. 〈키, 키, 키〉, '키'만이 한없이 줄을 서서 나를 에워싸고 있었다. 그것들의 발에 채여 나는 너무도 억울한 나머지 얼굴을 두 손으로 덮어버렸다. 눈물이 흘러나왔다. 그 자리에서 목을 매 죽어버리고 싶다고 생각했다.

한참 동안 오열 소리만 녹음되었다. 강사는 어쩔 수 없다는 얼굴로 녹음기를 *끄고*, 그만 집에 돌아가도 좋다고 내게 말했다.

……

말더듬이는 다른 사람에게 도저히 이해 받을 수 없는 엄청난 고통을 당사자에게 몰고 온다.

세계가 거대한 통일로 보이기 시작하는 빛나는 소년기

에 나는 혼자서 그 통일에서 밀려나 어디인지도 모르는 〈꼬인 공간〉을 떠돌고 있었다. 통일을 알아보는 능력이 내게 결여되어 있었던 게 아니다. 세계는 기가 막힐 만큼 하나로 이어졌고 그 둥근 원은 거대한 호를 그리며 내 눈 바로 앞에서 딱 닫혀 있었다. 단지 그 안에 내가 있을 장소가 없는 것뿐이었다. 그즈음 나라는 존재는 한 개의 보잘 것 없는 모순의 돌덩어리였다. (*월 *일)

……그 고통으로 가득한 내용은 둘째 치고, 여기에 인용한 문장 자체는 숙부가 정신적으로 안정된 시기에 쓴 것이라는 점은 틀림없다.

숙부는 입사 2년째가 되던 해의 겨울에 엘리베이터 기사로서 수완을 인정받아 지금의 도시로 파견되었다. 친가를 떠난 그는 처음에는 새 직장과 가까운 아파트에서 하숙을 했지만, 그 2년 뒤에는 신부를 맞아들여 앞서 말한 도시 복판의 맨션에 신혼살림을 차렸다. 우연히 그해 봄, 내가 같은 동네에 있는 대학에 입학했기 때문에 원래 숙부가 살던 아파트를 그대로 임대하기로 했다. 그렇게 해서 저 꿈같은 4년이 시작되었던 것이다.

인용한 일기의 날짜는 도시로 전근하고 정확히 1년 뒤의 것이었다. 새로운 직장일도 마침내 궤도에 오르고, 그 다음 해에는 도모코 씨와의 결혼도 앞두고 있었던 그런 순풍만폭의 시기. 이것을 안정기라 하지 않는다면 무엇을 안정기라고 할까.

일기에 대해 미리 양해를 구해둘 것은, 세 권 중 처음 한 권만 결혼 전에 쓰여졌고 나머지 두 권은 모두 도모코 씨의 사고 뒤, 저 우키누마 공동주택 단지에서 쓴 것이다.

그 사이, 즉 결혼으로부터 사별까지 약 4년 동안의 커다란 단절이 가로놓여 있다. 세 권의 일기 표지에 제각각 1에서 3까지 일련번호가 매겨져 있는 점을 봐도 그 신혼의 4년 동안 똑같은 일기가 따로 존재했다고 생각하기는 어렵다. 혹시라도 그런 일기가 있었다고 한다면, 사고 직후 숙부의 손에 의해 고의로 불에 타 없어졌다는 이야기가 된다.

7

숙부는 중·고등학교의 다감한 시절에 말더듬이 버릇이 좀더 악화되었다. 내 기억으로도 한때는 아예 말을 잃어버리는 게 아닌가 걱정스러울 만큼 중증에 이르렀다. 〈키츠츠키〉의 예처럼, 말의 첫 글자를 "키, 키키, 키, ……키……키, 키, 키키이키……"하고 숨이 막힐 때까지 계속 더듬다가 두 번째 소리에 닿기도 전에 그만 스러져버리는 것이다. 그런 때 나는 '침착하게, 침착하게!'라고 마음속으로 간절히 빌며 그 다음 말을 기다리곤 했지만, 숙부가 겪는 혼절 직전의 고통을 눈앞에서 멀거니 바라보기만 하는 것은 참으로 괴로운 일이었다.

그는 자신의 고뇌를 일기의 다른 곳에 다음과 같은 시구로 바꾸어 표현해두었다.

……나의 삶은 목적어를 잃은 수식어.
물결치며 다가올 가상의 어미語尾를 향해
겹겹이 솟구쳐 오르는 파도의 물거품.
현실의 해안은 까마득히 멀기만 하고
미쳐 날뛰는 큰 바다는 나를 무정하게 익사시킨다……

숙부는 타고난 언어장애를 몹시 고통스러워했지만, 그 고뇌를 남에게는커녕 가족에게조차 내보인 일이 없었다. 집안에서는 언제부터인가 숙부가 말을 더듬는 것을 봐도 조용히 무관심한 척 해야 한다는 일종의 금기가 만들어졌다. 그는 그것에 거꾸로 고민도 했을 것이다. 하지만 그가 스무 살을 맞이하기까지 이 금기가 무너진 일은 결코 없었다.

스무 살, 그에게 찾아온 일대 전기를 우리 가족이 깨닫게 된 것은 그 일이 있고 반년쯤 뒤의 일이다. 그의 사춘기에 온갖 고통을 만들어낸 말더듬이 버릇이 어느 날, 어느 순간을 경계로 거짓말처럼 사라져버린 것이다. 그는 말을 더듬지 않게 되었다. 무슨 마법에라도 걸린 듯한 돌연한 변화였다.

가족 중에 가장 먼저 그것을 깨달은 사람은 나였다. 어느 날 밤, 나는 학교의 특별활동으로 귀가가 늦어서, 대학에서 돌아온 숙부와 함께 늦은 저녁을 먹으며 식탁에 마주앉아 두서없는 잡담을 나누고 있었다. 나는 퍼뜩 마음에 떠오른 의문을 입에 올렸다.

"삼촌, 요즘 말 안 더듬어?"

숙부가 갑자기 입을 꾹 다무는 것을 보고, 곁에 있던 어머니가 당장 흥미진진한 기색을 보였다.

"어라, 그러고 보니 요즘 전혀 안 하는데? 웬일이지?"

"아니, 아무것도 아냐. 지금 잠깐 안 하는 거지. 좀 있으면 또 나올 거야."

그는 퉁명스럽게 대꾸하고 말을 끊어버렸다. 젓가락을 놀리는 손길이 그리 보아서 그런지 문득 바빠진 것처럼 보였다. 그뿐, 그 이야기는 더 이상 나오지 않았지만, 내 말대로 그날 밤 이후 숙부의 말더듬이 소리가 들리는 일은 끝내 없었다.

숙부의 일기에는 마침 그 당시의 변화에 대해 술회한 대목이 있었다. 그 글에서는 자신의 돌연한 변화에 당황스러움을 감출 수 없다는 솔직한 심경이 엿보이는 반면, 둘도 없이 귀한 것을 아차 물속에 빠뜨린 듯한 멍한 허탈함도 느껴진다.

• 숙부의 첫 번째 일기에서(말더듬이 버릇의 소멸)

스무 살의 겨울, 나는 안경을 벗어내듯이 어이없게 내 말더듬이를 벗어냈다.

그것이 몇 월 며칠의 일이었는지, 이제는 정확하게 생각나지 않는다. 대학은 이미 기나긴 방학에 들어가 있었다. 바깥은 겨울 날씨여서 나는 내 방 고타츠(탁자 밑에 난로를 달고 그 위에 이불을 씌운 일본식 난방기구—옮긴이)에 다리를 묻고 온종일 사무엘 베케트를 읽고 있었다.

정오 가까운 시각이었다고 생각한다. 아침 겸 점심으로 간단한 식사를 하고, 전부터 마음에 걸렸던 편지의 답장을 쓴 다음에 그것을 들고 밖으로 나갔다. 겨울의 메마른 거리는 인적도 드물었다. 나는 빠른 걸음으로 길을 가로질러 사거리 곁에 서있는 우편함에 방금 써온 편지를 넣었다.

아마도 그때였던 게 아닐까—. 나는 지금도 꼭 그렇게만 생각된다.

내 눈앞의 아무 특별할 것도 없는 그 우편함이 어쩐지

평소와는 전혀 다르게 보였다. 아니, 좀더 정확히 말하면, 나는 〈그 우편함이 빨갛다〉라는 것에 지독히 깜짝 놀랐다. 어째서인지는 알지 못한다. 감각의 모드가 미쳐버렸었는지도 모른다.

나는 깜짝 놀란 겨를에 연거푸 몇 차례나 심한 재채기를 했다. 노상에서 저격당한 테러리스트처럼 내 몸은 경련을 일으키며 앞뒤로 마구 뒤틀렸다. 정신을 차리고 얼굴을 들었을 때, 거기에는 일절 아무것도 변하지 않은 익숙한 우편함이 서 있을 뿐이었다.

그날부터 내 말더듬이 버릇은 사라졌다. 흔적도 없이 사라져버렸다.

나는 내가 말더듬이 버릇을 잃어버렸다는 사실을 아무에게도 말하지 않았다. 나 스스로도 그것을 믿을 수 없었기 때문이다.

……

나는 기다렸다.

주위에 넘쳐나는 언어, 지금까지 나를 거절하고 멀리 떠밀었던 그 모든 언어가 이제부터는 나와 아주 친한 것이 되리라―. 그렇게 생각했다.

거기에서 세계는 혼탁함 없이 깨끗하게 흘러갈 것이다. 세계와 내가 한 치의 어긋남도 없는 불가분의 존재가 되고, 내 몸뚱이는 저 아름다운 통일의 둥근 원에 감싸여 보호를 받을 것이다. 나는 꼬인 데 없는 반듯함에 몸을 맡기고 한없이 둥둥 떠서 흘러가리라.

......

내가 큰 착각을 했다는 사실을 깨달은 것은 말더듬이 버릇이 사라지고 대략 반년 가까이 지났을 즈음이었다.

나의 기대는 보기 좋게 배반당했다. 그 세계는 예상했던 것처럼 지내기 편한 장소가 아니었다. 분명 〈키츠츠키〉 새는 날아오르고 내 창가에서 쉬기도 했지만 그 창문에는 쇠창살이 있었다.

일단 세계가 나를 맞아들이고 나 또한 그 세계에 준하는 정당한 언어감각을 습득하고 보니, 지금까지 서로 거리를 두었던 다른 민족의 언어가 마치 둑이 터지듯 내 몸에 밀려들고 달라붙어 어떤 궤도를 넘어선 불쾌한 감촉이 되어 힘찬 기세로 나를 괴롭히기 시작했다.

소년 시절에 위대한 하나의 통일로 보였던 그것은 세계의 본질을 구성하고 기능하게 하는 모종의 문법이었다. 내가 발버둥 치며 손에 넣으려고 했던 언어의 리듬, 어떤 일정한 파장은 그곳에의 튜닝이 가능해진 지금 거꾸로 나를 그 법칙 안에 옭아매고 가둬버리려고 했다.

그 이후, 법칙은 내게 주파수의 변경을 강력하게 금지 했다. 이런 법칙에 대한 종속은 이 세계에서는 지극히 당 연한, 건전한 처세술임에 틀림없었다. (이하 생략. *월 *일)

이날의 일기는 후반부에서 점차 난해하게 흐트러지고 읽기에 적합지 않은 분노가 도처에서 드러났기 때문에 생 략했다. 일기는 뒤를 이어 '그리고 무엇보다 이 언어에서 는 사용상의 윤리라는 것이 보란 듯이 권위를 휘두르고 있 었다'라는 문장에서부터 각종 언어의 일반적인 사용원칙 에 대해 언급하고 있었다.

말더듬이의 말이 '이 세계에서 발성되어서는 안 될 언 어'였던 것처럼 '세계에는 정식定式이라는 것에 적합한 언 어와 그렇지 않은 언어가 존재한다'라고 숙부는 쓰고 있 다. '정식에 적합하다'라는 것은 그 언어가 발성자에 의해 말해져야 할 시기가 변별되어 있다, 라는 의미일 것이다. 이것은 즉, 언어의 발성이 가능한가 아닌가 하는 판단은 그 자리의 상황과 타이밍에 적정한가 아닌가가 기준이 된 다는 것이다. 이를테면 프로야구 선수가 자신의 은퇴 회견

자리에서 느닷없이 「베르사이유의 장미」의 오스칼 프랑수아 드 자르제의 죽음을 애도하는 발언을 하는 건 사실상 허락되지 않으며, 겨울날 학교 뒤편에서 밸런타인 초콜릿을 파르르 떨며 건네주는 소녀를 향해 아무런 맥락도 없이 라바울 전투에서의 일본군 옥쇄에 대해 열을 내어 이야기한다는 것은 있어서는 안 되는, 있을 수 없는 현실이라는 것이다. 이런 것은 모럴로써, 라고 하기 이전에 사람들의 무의식적인 금기 속에 확실히 존재하며, 보통은 결코 넘볼 수 없는 불가능의 벌판에서나 가능한 헛소리다. 하지만 이것을 따른다면, 하나의 언어가 태어날 수 있는 순간은 지극히 협소한 영역이 아니면 불가능하다는 이야기가 된다.

숙부가 하는 말도 모르는 바는 아니지만, 실제로 우리의 언어활동은 그 같은 좁은 영역을 무의식중에 선택해나가는 가운데 이루어진다는 것도 부정할 수 없는 사실이다. 각 장면 장면마다 그런 판단이 내려지고 그것이 연속적으로 이어지면서 혼탁함 없는 언어의 흐름을 만든다. 이 흐름에서 벗어났을 때, 처음으로 언어는 세계에서 방출된다.

일찌감치 방출이라는 숙명을 타고난 언어의 도깨비 자식, 그것이 숙부의 말더듬이 버릇이었다.

그의 왜곡된 언어감각을 생각하면 '언어가 불가능하다'

라는 표현은 단순히 현학적인 비유가 아니라 그에게는 참으로 생생한 사건이었다는 것이 충분히 이해가 된다. 하지만 그때까지 그의 인생관을 결정짓고 있던 말더듬이 버릇이 돌연히 소멸하고, 그토록 소원하던 통일이 손바닥 뒤집듯 친교를 청해오자 숙부는 거꾸로 크게 당황하지 않을 수 없었을 것이다. 그리고 자신이 그 통일 속으로 조금씩 편입되어 가는 것에 뭔가 본능적인 혐오감을 품었음에 틀림없다.

내 개인적인 가정에 지나지 않지만, 말더듬이 버릇을 잃어버린 숙부는 얼마 뒤에 다시 한 번 스스로 '말더듬이적인 것'를 추구하기 시작했던 게 아닐까. 그리고 그것이 다름 아닌 〈안드로메다〉가 탄생하는 순간이 아니었을까.

8

　여기까지의 초고 및 일기의 인용이 독자에게 숙부의 사람 됨됨이를 과연 얼마나 잘 전달했을지, 나도 뒤를 돌아보며 적잖이 불안한 마음이 없지 않다.

　문장을 통해 받는 인상만으로 종합해보면, 아마도 독자의 눈에 그는 일종의 정신이상자거나, 그게 아니면 그렇게까지 애써 설명할 가치도 없는 그저 약간 괴상한 성품의 사람이거나, 그 둘 중 한 가지 타입으로 나눠지지 않을까 싶다. 분명 숙부와 비슷한 사람은 마음먹고 찾아보면 딱히 그가 아니더라도 꽤 눈에 띄리라는 건 나도 잘 알지만, 실제로 그런 사람일수록 겉으로 보기에는 별다른 특징이 없는 일개의 범인으로 비칠 뿐이라서 소설의 소재로 채택되기도 어려운 것이니, 이는 참으로 우스운 일이 아닐 수 없다. 광인을 다룬 소설은 아주 많다. 난센스 시, 허무 시, 그 밖에 종교적인 이설을 다룬 책들도 헤아릴 수 없이 많다. 하지만 내가 쓰려고 하는 숙부라는 대상, 그리고 소설 『안드로메다 남자』는, 아무리 엄격하게 분류해 봐도 그중 어느 것과도 일치하지 않는다. 가령 상당한 양보와 견강부회는 인정한다고 해도, 본인의 정신이 확실했고, 그가 발하는 〈안드로메다〉도 문학적, 종교적 범주와 한참 동떨어진 이상, 그의 성품이 무언가 기성의 틀에 딱 맞아떨어진다고는 생각하기 어렵다.

다음에 인용하는 기술도 숙부의 첫 번째 일기에서 가져온 것이다.

사실을 말하자면, 세 권의 일기 중에서 소설에 인용할 만한 부분은 거의 이 첫 권에 다 들어 있었다. 이것은, 전에도 말했듯이 숙부가 정신적으로 안정된 시기에 쓰여졌다는 사정에 의지하는 점이 크다. 여기에 비해 두 번째, 세 번째 일기는 인용할 만한 내용이 많지 않다. 도모코 씨를 잃고 우키누마의 공동주택 단지에 틀어박힌 이후에 숙부가 살아갔던 나날을 생각하면 이러한 차이가 발생하는 것도 반쯤은 당연한 일이다.

아래에 인용한 내용은 숙부의 직장생활을 엿볼 수 있는 부분이다.

숙부가 직장에 사직서를 제출한 것은 입사로부터 대략 9년 반의 세월이 지났을 즈음이었다. 그중 약 7년 동안을 그는 이 도시의 관청가에 자리한 모 빌딩의 지하 관리사무소에서 근무했다. 이곳에서의 나날이 어떤 것이었는지, 그 모습을 전해주는 기술은 유감스럽게도 아주 조금밖에 발견되지 않았다. 그리고 그 얼마 안 되는 부분도 근무 중의 사건이라기보다 오히려 그곳에서 그의 시선이 포착해낸 다양한 인간들의 삶에 지면의 대부분을 할애하고 있다.

• 숙부의 첫 번째 일기에서(튤립 남자 이야기)

새로운 자리에서의 근무도 이제는 대충 익숙해졌다.

이곳에서의 무기적인 작업 사이클은 내 성격에도 잘 맞는다.

빌딩 관리라고는 해도 내게 주어진 일의 대부분은 그저 관청가의 빌딩 지하 2층에 있는 오퍼레이터 룸에서 내객용과 업무용을 합하여 총 12대의 엘리베이터 작동 상황을 모니터 패널을 사용해 감시한다는 지극히 편한 일거리다. 물론 그밖에 보일러며 공조 위생, 전기 기기의 사후 관리 등, 처리해야 할 일거리는 많다. 하지만 주로 내 담당으로 맡겨진 것은 바로 엘리베이터 작동 감시로, 본사 시절부터 회사에 인지되어 있는 내 전문 분야이기도 하다.

이 빌딩은 규모가 꽤 큰 편이라서 비상구에 배치한 수위 외에도 독립된 엘리베이터 관리실을 설치하고 나 같은 감시원을 한 사람 따로 두어 담당하게 하고 있다. 우리 회사는 빌딩 소유주에게 위탁을 받아 치안 및 기술상의 관리를 전담하고 있다. 빌딩은 지하 2층에 회사용 주차장과 쓰레기 집하장, 지하 1층에 커피숍 등의 각종 점포, 일층과 이층에는 부티크와 레스토랑이 있고, 그 위의 3층부터 37층까지는 몇 개의 기업이 부분 단위나 플로어 단위로 임대해 각각 사무실을 들여놓았다. 맨 꼭대기 층에는 바와 전망 라운지가 자리 잡고 있다.

이 빌딩은 약 4년 전에 준공을 마친 비교적 새 건물로, 엘리베이터 고장 같은 건 거의 발생하지 않는다. 따라서 내 일거리의 대부분은 역시 엘리베이터의 이동상황이 표시되는 패널을 감시하고, 동시에 박스(엘리베이터) 내부가 비치는 감시 모니터 화면을 몇 분 간격으로 번갈아 바꿔가며 그 상태를 지켜보는 것이다.

　모니터 화면을 지켜보고 있으면 실로 다양한 손님들이
있다.

　감춰두어서 보이지 않을 감시 카메라를 열심히 응시하
며 서 있는 젊은 샐러리맨. 그는 항상 7층에서 내려 직장
으로 향한다. 늘 손에 들고 다니는 007가방으로 보아 같은
층에 본부를 둔 약품회사의 영업사원일 것이다.

　한낮, 그들 외에 아무도 타지 않은 박스 안에서 대담하
게도 포옹을 하고 격하게 키스나 애무를 나누는 오피스레
이디와 같은 회사의 중역인 듯한 한 쌍의 남녀가 있다. 그
러한 행위 때도 그들의 주의 깊은 눈은 층수 표시판을 향
하고 있다. 카메라가 있다는 것도 알지 못하는 듯, 엘리베
이터 박스에 가속이 붙기 시작하면 금세 정지하지는 않을
거라는 판단 때문인지 두 사람의 행위는 좀더 격렬하게 불
타오른다. 그러면서도 오피스가 있는 24층에 도착할 즈음
에는 잽싼 동작으로 앞뒤로 떨어져 각자 순식간에 차림새
를 바로잡는다. 어이없으면서도 감동적인 광경이다.

　처음 이 일을 시작했을 때는 그런 일들이 말할 수 없이
신선하게 보여서 한 번도 싫증을 느껴본 적이 없다. 내게

이토록 남을 엿보는 취미가 있는 줄은 지금까지 미처 깨닫지 못했다. 하지만 이제는 그런 자극도 서서히 줄어들었다. 초로의 선배 기사가 하는 말로는, 저런 건 석 달이면 아무렇지도 않게 된다는 것. 그럴지도 모른다고 생각했다. 게다가 본사 시절에 똑같은 경험이 없었던 것도 아니니.

하지만 단골손님 중에 단 한 사람, 내가 지금도 공감해 마지않는 인물이 있다.

그의 이름은 알지 못한다. 필시 이 빌딩 어딘가의 회사 사무직원일 것이다. 나와 비슷한 또래의 젊은이다. 양복 상의는 벗어놓고 와이셔츠 차림으로 지하도나 우체국 등에 잠깐씩 외출하는 것을 보면 아무래도 그저 평범한 사무직임에 틀림없다. 그는 안경을 썼고, 가까이 다가가기 어려울 만큼 항상 표정이 진지하다. 걸어갈 때도 기계처럼 얌전하게 걷는다. 그런 그의 어떤 면이 그토록 내 주의를 끌었는가. 그건 그가 이따금 보이는 은밀한 기행 때문이다.

다른 손님들이 그렇듯이 그도 카메라가 있다는 건 눈치채지 못한 모양이었다. 그는 엘리베이터 안에서 혼자가 되면 실로 괴상한, 누구도 쉽게 예상할 수 없는 기이한 행동을 취하기 시작한다.

 내가 처음 그를 발견한 것은 올해 초봄이었다. 이 직장으로 전근한 지 아직 얼마 되지 않았을 때다. 막 새로 들어온 처지였기 때문에 나는 하루하루 긴장한 상태에서 모니터를 확인하고 있었다. 어느 날 그가 아무도 없는 엘리베이터 박스에 들어왔다. 인접한 빌딩과의 연락 통로가 있는 8층이었다. 그가 가는 층은 사무실이 있는 26층. 시간으로 치면 20초 남짓한 여유가 있었다. 언제 열릴지 알 수 없는 자동문을 향해 그는 돌연 물구나무를 섰다. 나는 앗, 하고 생각했다. 가슴에서 수첩이며 볼펜이 우수수 떨어지고 넥타이는 뒤집혀 충혈된 그의 얼굴 위로 흘러내렸다. 그는 한참 동안 그 자세로 정지하고 있었지만, 이윽고 천천히 몸을 반듯하게 세우고 소지품을 주워 가슴팍 호주머니에 챙겨 넣었다. 문이 열릴 즈음에는 완전히 원래의 모습으로 돌아가 있었다. 정말로 내 눈을 의심할 만한 광경이었다.

 두 번째로 봤을 때의 그의 퍼포먼스는, 그걸 아마 코사크댄스라고 하던가, 팔짱을 끼고 쪼그려 앉은 자세로 다리를 한쪽씩 번갈아 앞으로 뻗었다 내렸다 하는 춤이었다. 나는 혹시 나 이외의 누군가가 이 모니터를 지켜보는 건 아닌지 슬쩍 주위를 확인하고 다시금 화면에 호기심의 시선을 던졌다. 입의 움직임으로 봐서는 박스 안에서 "호이, 호이!"하는 구령까지 붙이는 기색이었다. 모니터 화면이 흔들릴 만큼 그 댄스는 격렬했다. 중간에 문이 열리고 다른 사람이 올라탔기 때문에 그는 순식간에 보통 때의 모습으로 돌아갔다. 내가 내심 크게 실망한 것은 두말할 것도 없다.

세 번째인지 네 번째인지 정확하지는 않지만, 그가 박스 한쪽 구석에 쪼그리고 앉아 머리 위에 두 손으로 튤립을 만들고 가만히 눈을 감고 있었다. 어린아이가 유희할 때 하는 것처럼 양손으로 머리 위에서 만드는 튤립이다. 그것을 보고 나도 모르게 가슴이 찡하고, 세상에 다시 없이 아름다운 것을 목격한 듯한, 무어라고도 말할 수 없는 뭉클한 감동을 느꼈다. '아, 이거야!' 하고 생각했다. 매일매일 바쁘게 돌아가는 오피스빌딩에서 유일하게 이 박스 속만은 주위와 단절되어 고요한 시간이 흐르는 것 같았다. 그를 진심으로 칭찬해주고 싶었다.

그날부터 나는 마음속으로 은밀히 그에게 '튤립 남자'라는 별명을 붙여주었다.

언젠가 이 '튤립 남자'가 돌연 바지의 지퍼를 내리고 자신의 성기를 음낭 째로 바깥에 노출시킨 채 직립부동의 자세로 1층에서 26층까지 올라가는 것을 보았을 때는, 역시나 나도 간이 서늘해졌다. 그 사이에 그는 얼굴빛 하나 변하지 않고 무표정하게 앞쪽의 문짝을 줄곧 응시했다. 20층을 통과하자마자 그는 국부를 다시금 원래 자리에 넣었다. 참으로 선연한 손놀림이라는 것밖에 다른 어떤 말도 필요 없었다.

그런 '튤립 남자'도 타인과 함께 탈 때는 딴사람이다. 입에 발린 공치사도 꽤 잘하는 것 같고, 여사원에게도 제법 인기가 있는 것처럼 보였다. 예상과는 달리 그는 회사 안에서는 눈에 띄게 고지식한 사람도 아닌 모양이었다.

보통 때는 평범하기 짝이 없는 처신을 하는 그가 엘리베이터 박스 안에서 혼자가 되면 즉시 '튤립 남자'로 변한다. 그 심리를 나는 너무나 충분히 잘 안다.

그는 결코 노출증 환자도 아니고 이중인격자도 아니다. 괴상한 척 하려고 그런 짓을 하는 것도 아니고, 더구나 단순히 스릴을 즐기려는 것도 아니다. 그는, 내 말로 하자면, 세계의 바깥쪽, 저 〈안드로메다 방향〉 쪽으로 몸을 뒤집으려고 하는 것이다.

아마도 그의 일상에는 나와 마찬가지로 흔해 빠진 일, 습관, 일반상식과 같은 수많은 범용함이 가득 넘실거리고 있을 것이다. 그는 잠시도 쉴 새 없이 그 흐름을 따르지 않으면 안 되는 것이리라. 자신이 직접 나서서 사회에 칼날을 들이대는 것은 그가 원하는 일이 아니다. 하지만 그는 기회만 닿으면 이곳에서 떠나기를, 어딘가 무중력의 장소에서 한숨 쉬어가기를 호시탐탐 노리고 있다. 시스템화 한 근무 시간 속에서 우연히 생겨나는 아주 잠깐의 터진 틈새, 그것이 즉 사람 없는 엘리베이터 박스라는 것이리라. 그는 그 틈새를 놓치는 법이 없다. 특이한 퍼포먼스를 남모르게 행하는 것으로 그는 한순간 다른 사람이 엿볼 수 없는 〈안드로메다〉를 흘낏 넘어다본다.

여기서 '남모르게'라는 점이 특히 중요하다. 그의 경우, 기행은 순수하게 개인적인 행위일 뿐, 절대로 세상을 어지럽힐 목적을 가진 것이 아니다.

이를테면 그가 "잠깐 우체국에 다녀오겠습니다"라고 고하고 직장에서 나왔다고 하자. 직장 내의 다른 사원들은 무의식적으로, 그는 우체국에 가서 볼일을 보고 다시 이곳으로 돌아올 것이라는 똑같은 암묵의 스토리를 구상한다. 혹은 책방에 잠깐 들렀다 오거나 찻집으로 잠깐 새는 일이 있을지도 모른다. 아니, 어쩌면 그대로 실종되어 돌아오지 않는다고 할 수도 있다. 하지만 그런 정도의 일탈조차 '있을 수 있는' 범위로써 모두가 똑같이 용인하는 그릇에 담겨 있다. 그런데 그가 무인의 엘리베이터에서 혼자 은밀히 튤립을 그리고 있다는 사실에 대해서라면? 보통 사람의 상식적인 허용량은 그것을 받아들일 만한 폭을 갖고 있지 못하다. 말하자면 그런 것이다.

'튤립 남자'는 그야말로 훌륭하게 일탈하고 자취를 감춘다. 그는 몹시 진지하고 시선은 마치 적을 마주한 전사와도 같다. 그를 조롱하는 자는, 그전에 자신의 상식에 빠져버린 범용함을 비웃으라. 그는 오로지 혼자이며 그 싸움은 항상 고독하다. 하지만 그렇기 때문에 그의 거동에는 눈에 보이지 않는 모종의 고귀함이 엿보인다. 생각건대 '튤립 남자'는 이런 경우, 보다 적확하게 〈안드로메다 남자〉라고 고쳐 불러야 하는지도 모른다.

언제 적 일이었던가, 그가 다섯 시를 지나 양복차림으로 퇴사할 때, 같은 회사의 여사원과 함께 박스에 올라탄 적도 있었다. 두 사람은 이제부터 식사라도 하러 가는지, 아주 즐겁게 이야기를 나누며 지하 1층으로 내려갔다. 마치 결혼을 약속한 커플처럼.

그의 인생은 지금의 나에게는 살아 있는 복사판이다. 그도 나도 외부적으로는 그저 평범하기 짝이 없는 일개 사회인의 역할을 연기하고 있다. 이 세상 어딘가에 잠복한, 아직껏 못 본 또 다른 〈안드로메다 남자〉들도 아마 똑같은 사회의 똑같은 상식적 환경 속에서 어렵게 싸우고 있는 처지일 것이다. 하지만 그들의 인생이 아무리 평범하게 보이더라도 그것 때문에 한 사람의 〈안드로메다 남자〉가 도태되는 것은 아니다. 〈안드로메다 남자〉는 그것과는 완전히 별개의 공간, 세계의 터진 틈새에서 오래도록 살아가기 때문이다. (*월 *일)

애초에 이 소설의 제목이기도 한 〈안드로메다〉라는 말은 이날의 일기에 등장한 것이 그 시초다. 이 말 외에도, 앞서 인용한 말더듬이에 대한 술회 부분에서 〈꼬인 공간〉이라는 묘사가 보이는데, 숙부에게 이 두 가지는 거의 똑같은 개념을 함축하고 있는 말일 것이다. 후자의 〈꼬임〉이란 아마도, 학교 수학 시간에 모두들 배우게 되는 〈꼬인 위치〉라는 말의 그 〈꼬임〉을 뜻하는 것으로, 한 기본 축에 대하여 수직도 평행도 아니면서 동시에 영원히 교차하는 일도 없는 선분의 배치를 말한다. 도표로 표시된 선분은 기본 축에서 떨어져나간 공간 위를, 정말 우스꽝스러울 만큼 무관계한 모습으로, 기울어진 한 줄기 부표와도 같이 떠 있다.

　내가 그 두 가지 중에서 〈안드로메다〉 쪽을 채용한 가장 큰 이유는 단어 자체에 어떤 종류의 방향성(벡터), 한 곳에 머무는 것을 혐오하며 끊임없이 이동하려고 하는 운동적인 뉘앙스가 담겨 있었기 때문이다.

9

운동성 강한 이 〈안드로메다〉라는 개념은 숙부가 고등학교 시절에 경도되었던 어느 사상적인 세계관이 배경을 이루고 있다고 생각한다. 첫 번째 일기장에서 이것을 말해 주는 기술을 찾아볼 수 있었다.

그 세계관이란 말을 더듬는 버릇의 고뇌에서 비롯된 일종의 염세주의다. 그가 참조한 사상가들의 이름을 보면 약간 케케묵은 시대착오가 느껴지기도 하지만, 그것이 지금까지 그의 사색의 변천에 음으로 양으로 영향을 끼쳤다는 점은 부정할 수 없다. 적잖이 복잡하고 세세하기는 하지만, 전체의 내용을 단축하여 아래와 같이 인용한다.

• 숙부의 첫 번째 일기에서(염세 사상의 시절)

요즘 한참 동안 '튤립 남자'의 모습이 눈에 띄지 않는다. 장기 휴가라도 떠난 걸까.

일하는 중에 그의 기행에 대해 곰곰이 생각해보는 일이 많다. 생각을 궁굴리는 사이, 나 역시 과거에 그와 똑같은 충동을 품었던 일이 생각났다.

고등학교 때, 분명 2학년이 끝날 무렵부터 쇼펜하우어에 경도되었다. 그밖에도 슈티르너, 셰스토프, 에밀 시오랑, 구약의 욥기……. 이것을 염세적인 사상이 거치게 되는 정해진 패턴이라고 하면 그럴 수도 있겠다.

세상 모든 것에서 절망을 배우는 시기가 있다. 내게는 바로 그 무렵이 그러했다. 현세는 인간에게 고뇌만을 부여한다는 몹시도 낭만주의적인, 이른바 세계고의 사상이 나를 때려눕히고 있었다.

인간은 아무것도 하지 않으면 죽는다. 죽음을 피하기 위해서는 먹지 않으면 안 된다. 먹기 위해서는 일하지 않으면 안 된다. 당시 나는, 인간은 '아무것도 하지 않는다'라는 것을 선택할 수 없다는 만고불변의 명제에 말할 수

122

없는 부조리를 느꼈다. '아무것도 하지 않는다'라는 것을 택하면 왜 인간은 불행으로만 치달을 수밖에 없는가. 이 세상에 완전 무구한 존재로 태어나 어떤 이해관계와도 관련이 없는 갓난아이가 그 탄생의 순간부터 저절로 쾌가 아닌 불쾌의 방향으로 떨어질 수밖에 없다는 모순. 갓난아이는 그 낙하를 면하기 위해 필사적으로 젖을 물고 빨아대는 것이다. 오로지 내려가는 방향뿐인 에스컬레이터의 중간에 계속 머물러 있기 위해 그는 그렇게 첫걸음을 내딛는 것이다. 우리의 생은 원래 시작부터 어떻게도 피할 도리 없는 낙하 쪽으로 정의가 내려져 있다.

쇼펜하우어는 세계의 밑바탕에서 '맹목적인 의지', 목적도 없이 그저 열심히 욕망할 뿐인 '살려고 하는 의지'를 보았다. 세계에 존재하는 다양한 것들이 이 우주적인 '의지'에서 나오는 것이며, '의지'가 바라는 대로 원하고, '의지'가 모든 행동 규범을 만든다. 한 인간의 식욕, 성욕, 그리고 무엇보다 계속 살아 있고 싶다는 무아몽중의 본능은 쇼펜하우어 식으로 말하면 거대한 '의지'의 분화, 개별화일 뿐이다. 나는 그때까지의 인생을 그런 '의지'에 따라 먹고 그런 '의지'에 따라 성을 갈망하고 그런 '의지'에 따라 살아온 것이었다. 여기에서는 나 자신의 자발성 따위는 어디서도 찾아볼 수 없었다. 목적도 없이 그저 질질 끌려가듯이 살고 있었다. 죽지 않기 위해 살고 있었던 것이다.

살아 있는 것 자체가 목적이라고 사람들은 말한다. 하지만 한 개인이 살아 있기를 원하는 것은 기껏해야 '의지'라는 소용돌이치는 우주적 욕망의 끝자락에 불과하다. 나의 '먹고 싶다', '껴안고 싶다', '살고 싶다'라는 당연한 욕망은 인간이라는 종을 존속시키기 위한 거대한 프로젝트의 일환일 뿐이다. 나아가 여기서 가장 중요한 것은 이 '의지'의 욕구에는 최종적으로 아무런 목적도 없다는 점이다.

철학자가 말하기를,

'본능이란 목적개념에 따르는 행위와 지극히 흡사하면서도 목적개념이 완전히 빠진 행위이며, 자연이 행하는 다양한 조형 또한 이 본능과 마찬가지로 목적개념과 지극히 흡사하면서도 그것이 완전히 빠져 있는 것이다……'

요컨대 우리는 외면적으로 자신의 의지에 따라 살고 있는 것처럼 보일 뿐이다. 땀과 눈물과 감동, 그런 것은 모조리 이 고뇌의 심연에서 일시적으로 눈을 돌리기 위한 허울 좋은 마약 같은 것에 지나지 않는다.

절망은 내게 당연한 귀결로서 자살의 사상을 품게 했다. 나는 플리니우스의 다음과 같은 말에 매료되었다.

'……신이라 해도 결코 모든 것을 할 수 있는 건 아니다. 신은, 가령 그 스스로 원한다 해도 자살만은 할 수 없다. 그런데 신은 인간에게는 이토록 수많은 고난으로 가득 찬 인생에의 최상의 선물로써 자살 능력을 부여해주었다. ……'

당시의 나에게는 자살이야말로 '의지'를 향한 맹목적인 욕망의 소용돌이에서 벗어나고 항거하는 유일한 방도라고 생각되었다. 자살이란 '의지'와 정면으로 맞서는 일이라고 강하게 믿었다.

한편, 나는 그즈음 읽은 책 속에서 생물의 개체수 조정이라는 이야기를 발견했다.

그 이야기는 생쥐 등을 예로 들어 설명하고 있었다. 식물연쇄의 파탄처럼 하나의 종이 폭발적으로 증가해 일정한 개체수를 넘어 계속 불어나면 생쥐들은 맹목적으로 강에 뛰어들어 죽음으로써 그 전체수를 조정한다는 것이다. 자연계에는 유사 이전부터 이 같은 눈에 보이지 않는 균형 조정 시스템이 기능을 해왔으며, 인간 세계 역시 지금까지는 전쟁이나 페스트 등에 의해 개체수의 조정이 이루어졌다. 하지만 전쟁이 종결되고 세상이 안정을 찾은 지금은 조정의 수단도 변화하여 자살이나 에이즈, 환경 호르몬 등이 대두하고 있다는 이야기였다.

여기서는 이미 자살조차 '의지'의 의도적인 계략으로 파악하고 있었다. 더 이상 도망칠 곳이라고는 없었다. 인간은 출구가 보이지 않는 무변화의 기나긴 복도를, 목적을 상실한 신진대사에 의해 그저 걸어 나아갈 뿐이었다.

내 등 뒤에는 항상 '의지'가 있다. 저항하려고 뒤를 돌아보면 그는 다시 돌아본 내 등 뒤에 가 있다. 조용히 서 있다. 내 등에 들이댄 총구가 앞으로 가라고 명령한다. 나는 명령하는 대로 두 손을 쳐들고 허청거리는 걸음으로 앞으로 앞으로 향한다.

그즈음 나는 때때로 이 총의 환각을 보는 일이 있었다.

그것은 어딘가 으슥한 곳에서 끊임없이 나를 감시했다. 총을 의식하면 나는 그 뒤통수를 치기 위해 몸을 휘익 뒤집거나 갑자기 상체를 푹 숙였다.

총! 펄쩍 뛴다. 총! 엎드린다. 총! 펄쩍 뛴다. 총! 엎드린다.

이런 나의 병적인 강박관념은 이윽고 남의 눈에 띌 정도까지 표면화하였다. 정말 믿을 수 없는 일이지만, 수업 중에도 갑작스럽게 의자를 뒤로 빼거나 머리를 휘휘 가로저었다.

마침 다행이라고 해야 할까, 봄방학이 찾아왔다. 약 보름 동안 독서도 끊고 온종일 잠만 잔 끝에 나는 평정을 되찾았다.

총의 환영은 사라졌지만 무언가로부터 '몸을 뒤집는다'는 반사충동은 개념화되어 내 안에 뿌리를 내렸다. 이윽고 말을 더듬는 버릇의 소멸이 찾아오고, 그 반동으로 언어적인 회의에 빠진 이후로 나는 통념적인 것의 이면을 끊임없이 파헤치는, 지극히 특수한 반골정신을 으뜸으로 삼기에 이르렀다. 그것은 한 사람의 〈안드로메다 남자〉의 탄생이기도 했다.

나의 행동에서 의미를 박탈하는 일. 통념에서 몸을 뒤집는 일. 세상을 통제하는 법칙에 대항하여 압도적으로 무관계한 위치에 이르는 일. 이것이 그즈음 내가 〈안드로메다 남자〉로서 시도한 저항의 모든 것이었다. (*월 *일)

언어 장애 때문에 가슴속에 품게 된 '세상으로부터 소외되어 있다'는 의식.

그리고 쇼펜하우어 식의 '세계에 갇혀 있다'는 의식.

말더듬이 버릇이 한창 극성이던 무렵, 숙부의 내면에는 이 양자가 서로 모순된 상태로 공존하고 있었다. 보다 정확하게 말하면, 한 편이 다른 한 편을 억제하면서 아슬아슬한 상호적 균형을 유지했다. 그의 청춘기의 초상이 이 기묘한 균형에 의해 만들어졌던 것이다.

그런 숙부에게 말더듬이 버릇의 소멸이라는 저 일대 전기가 찾아왔다. 균형은 무너지고 세계의 억압이 일시에 밀려들어 그를 덮치고 집어삼켰다. 그는 법칙에 갇혀 숨이 막히는 듯한 고통을 맛보았을 것이다. 어딘가 이곳이 아닌 외부로, 라는 절실한 충동이 이따금 그를 습격한 것은 필연적인 일이었다.

숙부는 첫 번째 노트의 뒤표지 안쪽에 다음과 같은 자작시를 적어두었다. 「스무 살의 시」라고 쓴 듯한 제목을 몇 줄기 거친 선으로 북북 지워버리고, 그 오른편 귀퉁이에 조그맣게 「무제」라고 새로 써놓았다.

무제

다섯 줄의 쇠창살
끝없는 신의 심문
미동조차 허락하지 않는
얼어붙은 선율 속에서
단 한 사람
때로는 느긋하게
때로는 전략적인 기민함으로

어느 밤의
뜻밖의 포르테
정 위치로부터 한없이 먼 거리
그 배반의
사고의 틀 바깥으로
신이 부재하는
꼬인 위치에

이곳은 있을 수 없는 세계
단 한 순간의 카타스트로프*의

영속적인 확대

단을 잘못 짚은 음표들이

마지막으로 가닿을 안식의 침상

허공에 춤추는 그들은 가볍게 가볍게

어느새 쉼표가 되어 내려 쌓인다—

(＊ '파국' 또는 '비극적 결말'을 뜻하는 연극 용어. '넘어뜨리다' '뒤집다'라는 그리스어 카타스트로페(katastropheē)에서 나온 말－옮긴이)

10

숙부의 첫 번째 일기를 자세히 읽어나가면 앞 장, 다시 그 앞 장에서 보았던 것처럼 비교적 줄거리가 잡히는 자성적인 문장과, 지금껏 인용을 망설였던, 어느 쪽인가 하면 자질구레한 감정을 고스란히 내보이며 마구 휘갈겨 쓴 것, 그 두 가지 타입을 발견할 수 있다.

원래 후자 같은 타입은 그것을 그대로 인용하는 게 아니라 작가가 자신의 내면에서 한차례 분해하고 정리한 뒤 다시금 소설의 체제에 맞게 가공하는 것이 제대로 된 방식일 것이다. 하지만 이제 와서 그런 일을 시작한다면 지금까지 고수해온 독자와의 불문율을 현저하게 배반하는 일이 될 것이다.

그래서 굳이 탈선이나 혼란스러움 등을 무릅쓰고, 시험

삼아 그런 잡다한 감상 몇 가지를 차례대로 펼쳐놓고자 한다. 내가 보기에 지나치게 구성력이 떨어지는 것, 장황한 것, 꿈의 기술 같은 내용은 미리 제외했다.

  • 숙부의 첫 번째 일기에서(좋아하는 말)

  어렸을 때, '도치리나 키리시탄'이라는 말을 걸핏하면 입에 올리곤 했다.
  이것은 내가 더듬지 않고 말할 수 있는 몇 안 되는 음렬의 하나였다. 종종 사람을 흠칫 놀라게 하는 이 아홉 글자의 말은, 발음하는 나에게 모종의 기묘한 쾌락을 가져다주었다.
  "도치리나 키리시탄!"
  진지한 얼굴로 "도치리나 키리시탄!"이라고 말해버린 직후의 무어라 말할 수 없는 상쾌함.
  "도치리나 키리시탄!"
  대체 이건 뭘까. 정말로, 몇 번이고 거듭거듭 말해보고 싶어지니.

이것과 똑같은 효과를 몰고 오는 말로는,

"수금지화목토천해명"이나,

"요한 고트프리트 빌헬름 라이프니츠" 등이 있다.

아아,

"요한 고트프리트 빌헬름 라이프니츠!"

'수금지화목토천해명'에는 특별한 추억이 있다.

중학교 때쯤인가, 우리 반 아이들이 모두 함께 교정에서 풀 뽑기를 할 때, 바로 가까이에서 작업하던 다른 아이들이 잡담을 하고 있었는데, 이야기가 어쩌다 그쪽으로 흘러갔는지 태양계 혹성의 순서가 어쩌고저쩌고 하는 게 화제에 올랐다. 나는 좀 떨어진 곳에서 그 이야기를 들으며, 내심 의기양양한 기분으로 '수금지화목토천해명'이라고 속으로 외워보았다. 그런데 그중 한 친구가, 나는 척척 박사야, 라는 듯한 표정으로 말하기를 "이제부터는 수금지화목토천**명해**야. 해왕성과 명왕성의 태양으로부터의 거리가 각각의 궤도 차이 때문에 얼마 전에 순서가 바뀌었거든. 너희들, 그거 몰랐어?"

나는 깜짝 놀라고 말았다. 그리고 왠지 몹시 싫다는 마음이 들었다.

그 친구가 말한 '명해'의 억양이 '명계'나 '명해' 등과 마찬가지로 단조로운 톤이었던 게 마음에 안 들었는지도 모른다. 내가 말한 '해명'은 '배계拜啓' 등과 똑같이 아래쪽으로 흐르는 억양으로, 애초에 그 말의 발음은 '수금지화목'과 함께 단숨에 가속을 붙이며 고개턱을 뛰어내려와 '토천' 부분에서 숙인 머리를 획 쳐들고 마지막으로 '해명'이라고 아래를 향해 차분하게 자리를 잡기 때문에 발음이 상쾌한 것이지, 어미를 그 친구처럼 퉁명스럽게 '명해'라고 수평으로 늘여서는 차분해질 마음도 도리어 차분해지지 않고 만다. 실제로 나는 그날 하루 종일, 가라앉지 않는 마음을 어쩌지 못해 쩔쩔매고 말았다. (*월 *일)

• 숙부의 첫 번째 일기에서(싫어하는 말)

직장 휴게실에 텔레비전 한 대가 설치되어 있다.

내가 텔레비전을 싫어한다는 건 동료들 사이에서도 유명해서, 어떤 이들은 나와 함께 점심을 먹거나 할 때 신경을 써서 볼륨을 낮춰주는 일도 있다. 나는 별로 신경 쓰지 않으니 괜찮다고 이따금 말은 하지만, 내심 볼륨을 낮춰준

것에 안도하지 않는 건 아니다. 텔레비전 안에서 이루어지는, 체제에 사로잡힌 모든 어설픈 연극들을 나는 참을 수가 없다. 그것은 생리적인 혐오감이라고 할 수 있다.

오늘 낮에도 휴게실에 텔레비전이 켜져 있었다. 내가 배달 덮밥을 들고 휴게실에 들어갔더니 젊은 수습사원 하나가 먼저 와서 도시락을 먹고 있었다. 나는 뒤쪽 벽에 기대어 밥을 먹기 시작했지만, 아무리 신경 쓰지 않으려 해도 텔레비전에서 흘러나오는 가요가 귀에서 떨어지지 않았다. 연말이 가까운 탓인지 어떤 채널이나 가요방송이 한창이어서 나는 그냥 포기하고 덮밥을 입에 몰아넣는 수밖에 없었다. 올해의 히트곡을 발표하는 방송이라서 줄줄이 등장한 아이돌 가수며 록밴드가 자못 의기양양한 얼굴로 자신들의 노래를 자랑하고 있었다.

나는 최근 유행가 가사에 포함된 저 범용하기 짝이 없는 말들이 질색이다.

예를 들면 〈내 꿈을 믿어요……〉라든가 〈좌절하지 말고……〉라든가 〈사랑은 지지 않아……〉라든가 〈순수한 하트〉라든가 〈그대의 반짝이는 눈동자……〉라든가 〈내일은 꼭 온다네……〉라든가.

지금도 그런 말을 써넣는 족족 펜 끝이 썩어나가는 것만 같아 견딜 수가 없다.

이러한 말들은 다분히 축제적인 언어지만, 그럼에도 불구하고 가사나 드라마 대사 등에 경쟁적으로 사용되고 있다. 그리고 이러한 언어의 융성에서는 나도 모르게 눈을 가려버리고 싶은 불손한 과잉함이 느껴진다. (이하 생략. *월 *일)

• 숙부의 첫 번째 일기에서(에를레의 추억)

오늘, 친가의 형님에게서 유키히코*의 7주기 법요식을 한다는 연락이 왔다. 근무를 바꾸는 건 나중에 하기로 하고, 그 전화를 받으면서 나도 참석하겠다고 곧바로 대답했다.

(*숙부의 사촌 형. 당시 신진기예 사회학자로서 촉망 받았지만 과잉한 스트레스로 유전성 정신착란을 일으켜 삼십대 중반에 요절하였다……인용자 주)

……

유키히코 형님의 병실에 문병을 다녔던 것이 벌써 8년 전, 내가 대학에 입학하여 아직 학생이던 즈음이다.

그의 광기는 실로 온화했다. 병실에 찾아가면 그는 늘

음유시인처럼 쉴 새 없이 뭔가 말을 하고 있었다. 그 억양은 마치 노래를 하는 것 같았다. 그가 말하는 언어는 대부분 의미가 없었지만, 아주 잠깐씩 게젤샤프트(Gesellschaft. 독일의 사회학자 F. 퇴니에스가 분류한 사회형의 범주개념-옮긴이)라든가 브뤼메르(brumaire. 프랑스 혁명력 제2월의 호칭. 1799년 11월 9일, 나폴레옹이 쿠데타로 총재정부를 무너뜨리고 집정정부를 수립한 사건을 이 혁명력에 따라 '브뤼메르 18일'이라고 했다-옮긴이) 같은 단어가 귀에 잡히는 일도 있었다.

특히 인상에 남는 것은 그의 이야기 속에서 자주 **'에를레'**라는 단어를 들었던 일이다.

그는 이 단어가 꽤 마음에 들었는지 "에를레, 에를레!" 하고 열정적으로 몇 번씩이나 말하곤 했다. 그 여운의 아름다움에 나는 오랫동안 그 말에서 몹시 아름다운 여성의 모습을 연상했다. 오래된 화장化粧 상자의 뚜껑에 그려진, 어딘지 모르게 아르누보 풍의 분위기를 풍기는 이국의 귀부인. 나는 오르간 소리가 흐르는 수도원 회랑에서 그 여성을 만나는 망상까지 품었다.

어느 날, 병문안을 온 그의 예전 유학시절 친구에게 혹시 이 여성에 대해 짚이는 것이 있느냐고 물어보았다. 그

학자는 내 얼굴을 바라보며 잠시 생각에 잠기는 기색이더니 이윽고 그런 여자 이름은 들어본 적이 없다, 하지만 그가 읽었던 책 속에 아마포亞麻布를 헤아리는 단위로서 '에레' 혹은 '에를레'라는 말이 실려 있었던 건 알고 있다, 라고 말했다.

내가 놀란 것은 결코 머릿속에 그렸던 가공의 여성상이 어이없이 빗나갔기 때문이 아니라 유키히코 씨가 입에 올리는 언어가 모조리 단순한 소리의 집합에 지나지 않는다는 사실을 알았기 때문이다.

그의 주위에는 빈 껍질이 된 수많은 언어들이 먼지처럼 휘날리고 있었다. 그리고 그 스스로 그것이 이상하다는 것을 깨닫지 못했다……. 어떤 의미에서는 완벽한 해탈임에 틀림없었다. 하지만 동시에 그것은 한없이 죽음에 가까운 존재방식이기도 했다. (*월 *일)

• 숙부의 첫 번째 일기에서(이름에 대해)

몽골인은 태어난 아이가 어린 나이에 병으로 죽으면 악마가 아이를 채갔다고 생각한다. 전에 읽은 책에 그렇게 적혀 있었다.

그래서 몽골인은 자식을 빼앗기지 않도록 자신의 아이에게 몹시 괴상한 이름을 붙인다고 한다. 악마를 속이기 위해서.

어떤 자의 이름은 〈쇼르마스〉, 의미는 그야말로 깨끗한 정공법으로, 〈악마〉.

또한 어떤 자는 〈네르구이〉, 의미는 〈이름 없음〉.

· 네르비슈······〈이름이 아니다〉

· 훈비슈······〈인간이 아니다〉

· 헨치비슈······〈아무도 아니다〉

그밖에도 〈말똥〉, 〈죽은 산양 가죽〉, 〈똥투성이〉 등, 참으로 악마가 싫어할 만한 마구잡이 이름들이 많다. 〈나 아니다〉라는 둥의 이름을 가진 아이까지 있다고 한다. 이건 정말 〈안드로메다적인〉 감성이라고 할 수밖에 없다.

만일 내 이름이 〈아무도 아니다〉라든가 〈나 아니다〉 같은 것이었다면 어지간히 재미있었을 것이다.

"자네, 이름은?"

"**아무도 아니답**니다.

"그럼, 자네는?"

"**나 아니답**니다."

어쩌면 이런 기묘한 대화가 몽골에서는 아무렇지도 않게 오고가는 게 아닐까.

…… (중략) ……

그나저나 〈아키라明〉라는 내 이름처럼 싫은 이름도 없다.

〈아키라〉라니, 고질라나 가메라, 12신장의 메키라 같기도 하고, 소리만으로 말하자면 큰 조개의 껍데기에 억지로 손가락을 집어넣어 힘껏 비틀어 여는 듯한, 아마 그런 의성어에 가까울 것이다.

나는 에조(일본 북부 지방의 원주민, 아이누 족—옮긴이) 반란사에 나오는 샤쿠샤인(1606?~1669. 홋카이도 원주민 아이누 족의 수장. 여러 부족을 결집하여 당시 일본의 마쓰마에 번에 대항하여 전투를 벌였으나, 거짓으로 화목을 청한 마쓰마에 번의 연회에 참석했다가 살해되었다—옮긴이)이라는 이름이 좋다. (*월 *일)

＊

자신의 행동에서 의미를 박탈하는 일. 통념에서 몸을 뒤집는 일. 세상을 통제하는 법칙에 대항하여 압도적으로 무관계한 위치에 이르는 일……. 위의 인용 중에 보이는 〈안드로메다적 감성〉이란, 즉 그러한 지향을 가리키는 말일 것이다.

튤립 남자와 그밖의 인용에서도 알 수 있듯이, 숙부의 〈안드로메다〉란 필경 다양한 통념, 다양한 범용을 끊임없이 회피하고자 하는 급격한 '몸 뒤집기'의 본능이었다.

제1원고에서 도모코 씨와 숙부가 저녁식사 후에 홍차를 마시는 장면 스케치에 나오는 〈풍파〉, 마찬가지로 그녀의 친구 커플이 방문했던 날의 〈타풍튜〉, 이 두 가지는 모두 다 전형적인 범용함, 다시 말해 신혼부부의 즐거운 대화, 혹은 젊은 남녀의 시시한 말다툼이라는 마침 적당한 장면을 전제로 한 사건이었다. '튤립 남자'가 무언의 행동으로 일탈을 꾀했던 데 비해 숙부는 오로지 그 특이한 언동을 일탈의 계기로 삼았다.

제1원고의 가정 스케치에서 특히 두드러지듯이 〈안드로메다〉는 어떤 자리의 공간을 슬쩍 비트는 듯한 위화감을 문맥 속에 내던진다. 그것은 웃음이나 분노나 슬픔처럼 희로애락이라는 정식화된 인간의 감정을 배반하고 사람을 당황하게 한다. 그리고 발화자인 그 자신은 이른바 분위기를 썰렁하게 하는 엉뚱함을 딛고 〈안드로메다〉 방향으로 휘익 사라져버린다. 즉, 그가 표방하는 몸 뒤집기란 어떤 자리의 분위기를 지배하는 예정조화적인 문맥을 답습하면서도 완전히 무관계한 위치로 빠져나가는 것이다.

대학 시절, 공학부에 재적했던 숙부는 동아리 활동으로 자신이 좋아하던 문학연구 모임에 가입해서 단 한 차례, 그 연구지에 「정형 하이쿠(일본 고유의 시 형식으로, 3구 17음절을 기본으로 하는 정형시이며 각 구는 5·7·5음절로 구성된다―옮긴이)에 있어서 글자 수의 넘침과 모자람에 대한 연구」라는 몹시 색다른 논문을 발표한 일이 있다고 한다. 유감스럽게도 내게 그 논문을 보여준 적이 없어서 자세한 내용까지는 알지 못한다.

하지만 예전에 숙부에게 들은 이야기에 의하면, 그는 하이쿠에 관하여 오자키 호사이(1885~1926. 일본의 하이쿠 시인. 통상적인 계절어를 포함하지 않는 자유형 하이쿠의 대표 시인―옮긴이)나 다네다 산토카(1882~1940. 같은 문하에서 시를 배운 호사이와 함께 자유형 하이쿠의 대표 시인으로, 두 사람 모두 심한 주벽으로 몸을 망치고 스승과 지지자의 원조로 생계를 꾸렸다. 그 작품은 대조적이어서 〈정靜〉의 호사이에 비해 산토카는 〈동動〉이었다―옮긴이) 등의 이른바 자유형 하이쿠

보다 오히려 정형의 운을 아주 조금 비틀어주는 글자 수의 넘침이나 모자람 같은 위화감을 선호했다. 법칙이 없는 곳에서는 아무리 일탈해봤자 그것은 일탈이 아니다. 어디까지나 5·7·5를 목표로 하면서도 끝내 그것을 취하지 않는 점에 일탈의 본뜻이 있다는 것이다.

숙부의 〈안드로메다〉가 일상의 범용성을 필요 이상으로 의식하고 굳이 그것을 한차례 감수해보는 형태로 실천하려는 것과 그 속사정이 똑같은 셈이다. 이는 일상의 억압을 배제한 곳에는 〈안드로메다〉 역시 있을 리 없다는 그의 신념에 뿌리를 둔 것이었다.

11

지금 생각해보면 참으로 경솔한 일이었지만, 6년 전에 썼던 저 제1원고 단계에서 주인공인 숙부는 그 내면을 묘사하는 일 없이 그저 한 사람의 어릿광대로 그려졌다. 물론 일기가 있다는 것도 알지 못하던 때의 일이어서, 그의 내면적 갈등을 이해하지 못한 채 이미 완성된 〈안드로메다 남자(당시 이런 식의 호칭은 없었지만)〉의 피상적인 면만을 내가 원하는 대로 조종하는 일이 가능했다.

그렇게 써낸 최초의 습작은 어딘가 카프카적인 분위기의 익명성 강한 주인공이 주위 사람들을 차례차례 현혹하고 어리둥절하게 만든다는 일종의 편력담일 뿐이었다.

이 방식을 그대로 밀고나가 습작을 보다 철저한 희극으로 마감한다는 선택도 생각해보지 않은 것은 아니다. 아니, 오히려 말더듬이나 염세 사상 등, 일기에 나타난 네거티브한 측면은 일부러 무시하고, 작자 마음대로 지어낸 배경 위에서 주인공을 춤추게 하는 편이 현재 직면하고 있는 난산에 비하면 훨씬 더 빚어내기가 쉬웠을 것이다.

하지만 그 당시와 지금은 조건이 너무나 다르다.

도모코 씨의 죽음, 숙부의 이사와 뒤를 이은 실종, 그리고 무엇보다 일기의 발견이 내 구상을 모조리 불가능한 것으로 만들어버렸다. 그리고 가능하다면 배제하고 싶었던 주인공의 '내면'이라는 귀찮은 물건까지 이야기하지 않으면 안 되는 처지가 된 것이다.

소설에 '내면'은 필요하지 않다는 것이 예전의 나의 지론이었다. 이 지론을 내 생각대로 전개하는 게 가능했던 제1원고의 집필은 그 당시 나에게는 최고의 희열이라고 할 만한 작업이었다. 하지만 지금 다시 읽어본 그것은 내게 눈곱만큼의 만족감도 주지 못한다. 그러기는커녕 작자의 상황에 맞추어 날조한 듯한 기만적인 대목이 여기저기 눈에 띄어서 읽으면 읽을수록 나를 침울하게 하고, 나로 하여금 한없이 〈안드로메다〉를 웅얼거리게 한다.

이번 원고는 그런 기만을 씻어내기 위한 집필이어야 했다. 그리고 그것을 이번 원고의 절대 신조로 삼는다면 나는 이제 숙부의 두 번째 일기를 풀어놓는 일에 조금도 망설임을 품어서는 안 될 것이다.

내가 적잖이 우려하는 것은 두 번째 일기를 풀어놓음으로써 이 소설의 종반부가 지나치게 불가해한 것이 되는 게 아닌가 하는 점이다.

두 번째 이후의 일기, 즉 숙부가 다시 독신생활을 시작한 이후의 수기에서는 〈안드로메다〉에 대한 자의식이 점점 과잉해져 그의 이성을 한없이 광기 쪽으로 근접시키는 모습이 엿보인다. 개개의 기술은 자잘하고 짧게 재단되었고 사건의 회상 틈틈이 퍼뜩 생각난 것을 그 자리에서 마구 갈겨 쓴 잠언풍의 문장이 다수 삽입되었다. 특히 마지막 일기에서는, 지금까지 어느 정도 분별력을 보여주던 그의 문장도 전후의 맥락이 닿지 않는 단순한 조각들의 모음으로 전락해 페이지를 넘길 때마다 양적으로나 내용적으로나 용두사미가 되어가는 경향을 보인다.

도모코 씨에게서 들은 이야기(제1 원고)대로 신혼 초 숙부의 〈안드로메다〉에 아직 그러한 병적인 '자각'은 달라붙어 있지 않았다.

그즈음의 〈안드로메다〉는 그쪽에서 느닷없이 찾아오는

기미가 있었고, 그 찾아오는 횟수도 그리 빈번하지는 않았던 것 같다. 두 번째와 세 번째 일기를 읽은 나로서는 솔직히 당시의 아직 자각되지 않은 〈안드로메다〉, 대범한 천진함 속에 생동하던 무렵의 〈안드로메다〉가 훨씬 더 바람직하다고 생각한다. 왜냐하면 이성적이라고 여겼던 '자각' 그 자체가 지금 생각하면 하나의 함정이었기 때문이다.

자각이란 숙부에게는 바람직하지 못한 인식의 결과물이었다.

도모코 씨가 세상을 떠난 뒤, 우키누마에서의 〈안드로메다〉에는 뭔가 그 자신을 붕괴로 몰아넣는 위험한 요소가 덧붙었다. 내가 그런 글의 인용을 못내 망설인 것도 거기에 보이는 것이 〈안드로메다〉의 추락, 다분히 작위가 포함된 거짓 〈안드로메다〉임에 틀림없었기 때문이다.

• 숙부의 두 번째 일기에서(범용을 단련한다는 것)

팽팽히 당겨진 활이 없다면 날아가는 화살도 있을 수 없는 것처럼, 팽팽히 당겨진 범용이 없다면 그 반동으로써의 〈안드로메다〉도 있을 수 없다. 그런 까닭에 안드로메다를

갈고닦자면 우선은 범용의 내장력, 범용의 강도를 단련하지 않으면 안 된다. (*월 *일)

두 번째 노트의 첫 페이지에 게재된 선언과도 같은 문장이다. 하지만 주의해서 읽어보면, 종이 한 장 정도의 차이라고는 해도 명백한 사고 상의 전도를 알아볼 수 있다.

독신으로 돌아온 숙부는 왜 그런지 〈안드로메다〉가 어정쩡하게 불발되는 것에 대해 극심한 공포감을 품게 되었다.

그래서 〈안드로메다〉를 완전무결한 것으로 만들기 위해 차츰차츰 주변의 다양한 현상에서 범용함을 감지해내고 이윽고 그것을 적극적으로 의식하기에 이른다. 하이쿠로 비유하자면 그것은 마치 글자 수의 넘침이나 모자람에 따른 위화감을 더욱 두드러지게 하기 위해 굳이 5·7·5의 정형률에 의식을 집중시키는 식의 전도인 것이다. 정형에 대한 기질적 거부가 불가피하게 〈안드로메다〉의 충동을 일으켰던 3년 전과는 달리, 그는 〈안드로메다〉에 의한 생의 각성을 스스로 능동적으로 만들어내는 데 온 영혼을 기울이기 시작했다. 양파를 까다가 자각하지 못하는 사이에 눈물이 난 게 아니라, 눈물을 흘리고 싶어서 그는 일부러 양파를 까지 않으면 안 되었던 것이다.

이러한 전도가 일어날 수 있는 요인에는 숙부가 품고 있던 어떤 병적인 망상이 큰 몫을 했을 것이라고 생각한다.

숙부에게는 청년기 이후로 '나는 누군가의 손에 의해 글로 써지고 있는 하나의 현상이다'라는 강박관념이 항상 따라다녔다.

〈누군가〉라는 건 아마도 예전에 그가 〈세계〉나 〈의지〉, 혹은 〈신〉 등으로 불렀던 눈에 보이지 않는 고압적인 주체와 동일하다고 해도 무방할 것이다. 모든 자신의 언어, 모든 자신의 사고, 모든 자신의 행동이 어딘가 먼 곳에서 글로 기록되어 한 장의 종이 위에 질서정연하게 늘어서는 모습을 그의 망막은 또렷하게 환시幻視하고 있었다. 그런 빗나간 망상은 숙부가 어린 시절에 품었던 어떤 몽롱한 이미지에서 그 발단을 찾아낼 수 있다. 거기에 관한 부분을 첫 번째 일기로 거슬러 올라가 인용하고자 한다.

• 숙부의 첫 번째 일기에서

어린 시절, 아침에 눈을 뜨면 큰방에서는 반드시 아버지의 낭랑한 독경 소리가 흘러나왔다. 나는 항상 꿈이 덜

깬 이부자리 속에서 그 소리를 들었다. 그것은 내 귀에 익숙한 독경이거나 그다지 들어본 적이 없는 길고 긴 독경이기도 했다. 후년에 나는 그러한 의미 불명의 언어에 웅숭깊은 우주 원리의 축약도가 포함되어 있다는 것을 알았다. 하지만 그즈음의 내게는 그것은 아무런 사상도 없는 그저 장황하고 단순히 낯선 언어의 긴 행렬에 지나지 않았다. 매일 아침, 깊은 잠의 심연에서 그런 허망한 거미줄에 더듬더듬 이끌려나와 무거운 눈꺼풀을 떴다. 현세를 초월한 멈출 줄 모르는 한자음의 나열. 나의 복된 땅의 경치는 자잘한 한자 입자로 온통 뒤덮인 것만 같았다. 그리고 편안히 숨 쉬는 내 몸 위에도 흡사 저 〈귀 없는 호이치(일본 고베의 한 사찰에 일본 옛 왕가의 이야기 「헤이케 모노가타리」를 훌륭하게 노래하는 호이치라는 맹인 스님이 있었다. 어느 날, 그의 연주를 청하는 귀인의 집에 불려가 몇 날 며칠 노래를 했는데, 듣는 이들이 모두 감동해 흐느껴 울었다. 밤마다 외출하는 그를 이상히 여겨 주지 스님이 따라가 지켜본 바, 그는 헤이케 왕가의 무덤에서 귀신불에 둘러싸여 홀로 연주하고 있었다. 이 귀신을 떼어주기 위해 주지는 불법 경전을 그의 온몸에 빠짐없이 써넣었는데 그의 귀만은 깜빡 잊고 말았다. 그러자 귀신들이 불법이 적히지 않은 호이치의 귀만을 떼어가 다행히 목숨을 건

졌다는 이야기—옮긴이〉〉처럼 삼라만상을 모조리 뒤덮은 기호 한 조각 한 조각이 마치 눈처럼 내려 쌓이는 것을 나는 보았다. (*월 *일)

그때 숙부가 본 풍경이란 정연한 질서와 반복을 수반한, 마치 옵아트와도 같은 현미안적인, 혹은 만다라 같은 평면 세계였다. 그것은 곧 그가 바라보는 세계의 양상이었다.

숙부는 자신을 얽어매는 그 평면적인 지면을 뚫고 나가 어딘가 수직적인 깊이로 떠나기를 원했던 게 틀림없다. 원래 종잇장을 뚫을 때는 귀퉁이를 팽팽히 당겨 늘어진 것을 펴주지 않으면 안 된다. 이런 경우, 팽팽히 당겨진 문맥의 평평함이 말하자면 범용의 강도를 의미한다. 그가 '늘어짐을 펴주기' 위해 처음으로 시도했던 것은 자신의 주위에서 끊임없이 일어나는 일상의 범용함을 좀더 의식적으로 응시하는 습관을 붙이는 것이었다. 현실을 뒤덮은 범용은 '의식'에 의해 단련되어 믿기 어려울 만큼 팽팽해지고 보다 '정형'에 가까워진다. 그 정형의 강도에 대한 생리적인 반동이 〈안드로메다〉를 불러들이고 숙부에게 폭발적인 생의 각성을 가져다주었다.

12

• 숙부의 두 번째 일기에서(생활 스케치 1)

(앞 절 생략)

……직장에서도 멍하니 앉아 있다가 이따금 주의를 받는다. 모니터 안에서는 어제와 똑같이 몹시도 단조로운 세계가 반복된다. 튤립 남자를 지켜보던 시절의 자극은 털끝만큼도 없다. 화면에는 사람 가득한 엘리베이터 박스 안의 영상이 떠오른다. 모두 똑같이 입을 꾹 다물고 층수 표시판을 노려본다. 이때, 뒤쪽을 보며 서 있는 자는 한 명도 없다. 반드시 모두 출입구 쪽을 향하고 있다. 문이 닫히면 집단은 숨을 멈춘 듯 딱 굳어버린다. 그리고 박스가 올라가기 시작하는 순간에 나타나는 뭔가 잔뜩

기가 눌린 듯한 위축. 지켜보는 나까지 기운이 빠진다. 날마다 똑같은 반복. 문이 열리고, 사람이 와르르 내리고, 와르르 타고, 똑같이 앞을 향해 서고, 문이 닫히고, 숨을 멈추고, 위축한다. 문이 열리고, 와르르 내리고, 와르르 타고, 똑같이 앞을 향해 서고, 문이 닫히고, 숨을 멈추고, 위축한다. 내일도 모레도 그저 내내 똑같은 반복이 기다리고 있다. (*월 *일)

생각건대 '정형'을 지속적으로 의식하는 행위에는 강한 스트레스가 수반되는 게 틀림없다. 위와 같은 '정형'의 스케치는 주로 두 번째 노트의 전반 부분에 집중적으로 묘사되어 있다. 처음 한동안은 지극히 객관적이었던 그의 문체도 뒤로 갈수록 조금씩 그의 주관이 얼굴을 내민다. 글로 써지는 현실과 글로 써지는 내적 체험이 혼란스럽게 뒤섞여, 이윽고 범용을 의식한다는 원래의 목적도 점점 상실되는 것처럼 보인다.

그런 시기의 글을 두 번째 노트의 중간 이후 부분에서 두 가지를 뽑아 인용한다.

• 숙부의 두 번째 일기에서(생활 스케치 2)

오늘은 공휴일, 아침부터 아파트 단지의 아동공원에 해바라기를 하러 나왔다.

차를 담은 페트병과 어제 돌아오는 길에 사사키 스토어에서 사둔 야채 크로켓 세 개, 파울 첼란의 시집, 그리고 이 노트와 만년필.

벤치는 네 개. 펜스 옆의 한 곳에 자리를 잡았다.

매머드 플라워(급수탑의 다른 이름일까?……인용자 주)가 오늘도 쓰러지지 않고 서 있다.

모래 놀이터 옆 시계탑은 오전 9시 반. 수요일의 공원에는 인적이 없다.

비둘기 몇 마리가 걸어간다. 평소보다 그 숫자가 적은 듯하다.

시집을 읽었다. 파울 첼란은 멋있지만 약간은 현실을 위태롭게 한다. 한 행 한 행 모조리 완벽한 일탈이다. 비둘기가 깜짝 놀라 푸드덕 날아오르지 않는 게 의아할 정도다. 정신이 풀려버린 녀석들 위에 큼직한 도끼의 언어를 퍼붓는다! 아주 아주 작은 목소리로 퍼붓는다. 그런데도 조화가 흐트러지지 않는 것은 녀석들에게 언어가 없는 탓인가. 완전히 나를 업신여기고 있다. 도끼에 놀란 건 오히려 나다.

10시쯤 되었을 때, 한 노인이 나타났다. 비둘기가 모여 있는 시계탑 아래에서, 들고 있던 봉투에 느릿느릿 손을 집어넣는다. 그 다음은 보고 싶지도 않았지만, 노인은 '정말로' 봉투 안에서 빵 부스러기를 꺼내 비둘기에게 던져준다. 햇살이 따끈따끈한 이른 봄날이 박차를 가하고 있다. 일각일각 박차를 가해온다.

뭔가 부족하다고 생각하는데, 건너편 입구에서 이 또한 '정말로' 다른 노인네가 다가온다. 정형이 완성되고 있다. 퐁파의 활시위가 팽팽히 당겨진다.

처음의 노인네가 웃음을 건네고 나중의 노인네가 슬쩍 손을 쳐든다. 시집은 진즉에 책장을 덮었다.

두 노인이 서로에게 다가간다.

"햇볕이 좋구먼."

"참말로."

비둘기가 빵 부스러기를 쫀다.

바람도 없고 햇살 따끈한따끈한 이른 봄날로 치고 나온다.

격렬하게 박차가 가해진다. 위험하다고 생각한 찰나,

"■■ ■■ ■■!"

......

소리의 폭발이 너무나 나와 가까웠기 때문에 잠시 멍해진다.

두 노인네가 수상쩍은 표정으로 이쪽을 살피고 있다.

여전히 가라앉지 않는 흥분을 억누르며 시집을 바닥에서 주워 올려 모래를 턴다.

한참 지나 그들이 가버린 뒤, 가방에서 노트와 만년필을 꺼내 이 글을 써둔다. (*월 *일)

• 숙부의 두 번째 일기에서(생활 스케치 3)

찢어진 벽지가 눈에 익숙하다. 그 앞에 앉아 생각에 잠긴다.

다시 도모코가 나온다.

아파트 단지 옆을 두부장사의 나팔 소리가 지나간다.

어제와 똑같은 시간이다.

당직을 마치고 돌아와 목욕탕에 다녀오면 나팔 소리가 지나간다. 도모코가 나온다.

저기 어디쯤의 시집을 대충 짐작으로 집어 들어 펼치자,

〈시장에 나가서 말이지,

데메트리오스,

아뮌타스의 가게에서 세 마리의 정어리를 받고,

작은 전갱이를 열 마리만,

그리고 보리새우는 스물네 마리쯤 받아오너라.〉(고대 그리스의 시로 보인다……인용자 주)

스물네 마리쯤, 이라는 표현에 황홀해하며 멍하니 후지타(약방……인용자 주) 가게 옆의 꽃집에서 꽃을 좀 사오자고 생각한다. 꽃병도 골라오자. 반짝반짝하는 유리 꽃병, 남쪽 창가에 놓기 위한 꽃병.

바깥에서는 해가 저물고 있다. 키 큰 열대식물의 위쪽 잎사귀만 보이고, 그것이 바람에 흔들리며 저녁나절 푸르스름한 빛을 깜빡깜빡 깜빡거리게 한다. 바나나 냄새가 풍긴다. 옛날에 갔던 말레이시아의 호텔 창문이라고 애써 생각한다.

이윽고 주변이 말레이시아가 되기 시작하면 바로 곁에서 아이의 웃음소리가 터진다.

한 사람, 두 사람, 몇 사람인지 모르겠다. 도모코가 아니어서 깜짝 놀란다.

붙박이장 안쪽, 아무도 없을 터인 서쪽 이웃의 빈집에서 퉁탕거리는 몇 사람의 발소리. 그리고 신나게 떠드는 소리. "퐁파 퐁파! 변태 퐁파!"

필시 폐기물을 탐험하러 온 아파트 단지의 악동들임에 틀림없다.

그들은 항상 내가 버릇처럼 하는 말을 비웃는다. 숙덕숙덕 비웃으며 몇 번이고 몇 번이고 끈질기게 그 말을 모두 함께 외친다. 어차피 자기들도 그런 말에 복종하게 된다는 건 생각도 못하고. 저 중에서 과연 몇 사람이 안드로메다 남자가 되어갈까. 어느 누구도 알지 못한다. 아이들의 발소리는 그대로 바깥으로 달아나버린다. (*월 *일)

13

두 번째 노트의 끝부분에서 세 번째 노트의 첫머리에 걸쳐, 숙부는 더 이상 날짜도 기입하지 않고 짧은 낙서 글들만 수없이 남겨두었다. 이를테면 그중의 하나.

무시무시한 '작위'가 문자를 뒤덮고 있다.
내 감각이 아무래도 어떻게 되어버렸나 보다.
아무리 의식을 집중하려고 해도, 아무리 눈과 귀를 맑게 닦으려고 해도 도모코와 함께 살던 시절에 찾아왔던 저 통쾌한 안드로메다는 더 이상 되살릴 수가 없다.

숙부의 눈은 흡사 자동기계처럼 '정형'을 생산하고 부쉈다.

어떤 풍경이 눈에 들어오면 그것은 즉시 숙부 안에서 정형화되고 잠깐의 틈도 없이 곧장 안드로메다를 만들어낸다. 이 일련의 사이클이 날이 갈수록 가속화하여 끊임없는 일련의 흐름이 되면서 그를 눈이 핑핑 도는 소란의 소용돌이 속에 던져 넣었다.

그리고 이 흐름의 연장선상에서 하나의 악순환이 그 모습을 드러냈다. 〈기술된 안드로메다 자체를 조건반사적으로 정형화하고, 그것이 다시금 새로운 안드로메다를 만들어낸다〉라는 빈틈없는 순환이 나타난 것이다.

아니나 다를까, 이 순환은 그 자신의 막다른 궁지에 의해 어처구니없는 파탄을 낳았다.

〈안드로메다를 정형화한다〉라는, 있을 수 없는 자가당착을 숙부가 알아버렸을 때, 이미 그의 일기와 이 소설 『안드로메다 남자』의 결말은 준비되어 있었던 것이다.

이 시기의 가장 전형적인 산문을 숙부의 마지막 노트에서 발췌한다.

• 숙부의 세 번째 일기에서(역으로 가는 길)

걸어서 버스 정류장을 통과한다.

급수탑 쪽은 보지 않고 얼른 길을 굽어든다.

버스가 나를 따라잡고 내 곁을 지나 달려간다.

검은 고양이를 보았지만, 세 걸음 뒤로 물러서지 않는다.(검은 고양이를 보면 재수가 없다는 미신으로, 만났을 때는 세 걸음 뒤로 물러서면 액땜이 된다고 한다−옮긴이)

바나나의 강렬한 향기가 코를 찌르고, 하지만 그것이 늘 보던 작은 도장 공장의 시너 냄새라는 것을 깨달았다.

내가 아직 공동주택 단지 안을 걷고 있는 것만 같아서 고개를 마구 흔들다가 갑자기 뚝 멈추고, 눈에 들어온 맨홀 뚜껑의 눈에 익은 소금쟁이 마크를 응시하며, **하루케루히**−라고 중얼거리고, 지그시 쳐다보고, 짐짓 웃음을 건네며 다시 **햐루케루히**−라고 중얼거린다.

중얼거림이 나도 모르게 강한 말투로 바뀌었던지, 수줍음 많은 도모코가 옆에서 내 셔츠자락을 잡아당긴다.

"아이 참, 또 레니에에 가고 싶어?"(레니에는 양과자집 이름일까?……인용자 주)

모든 것은 덧없는 환상이다.

이 세계의 모든 것이 이전에 이미 다 쓰여져버렸는데, 새삼 내가 무엇을 쓸 수 있겠는가. 할 수 있는 건 그것을 읽는 일뿐이다.

그 책에서 고개를 드는 것. 그리고 아득히 천공을 우러러보는 것. 천공에는 도모코가 가는 가벼운 길이, 편안하게, 한없이 가로누워 있다.

중학교 쪽으로 접어든다.

학생이 교정에서 라디오 체조를 하고 있다.

'지극히 보통의 발걸음으로 걸어!'라고 타일러두었는데 내 발걸음이 지극히 보통이었기 때문에 깜짝 놀라 멈춰 섰다. 눌러 붙은 망념을 떨쳐버리기 위해. 삐뚜름하게 놓인 길가 하수로 뚜껑 위에서 탕탕 다리를 구르고 폴짝 뛰어 물러서면서, 순간적으로 **유지노 사할린스크**라고 생각해본다. 그 자리에서 강하게, 강하게, **유지노 사할린스크**라고 생각한다. 교정에서 몇몇 학생들이 여우 같은 눈으로 나를 바라본다.

도모코를 떨쳐내라. 도모코를 떨쳐내라. 도모코는 없다. 도모코는 신에 의해 쓰인 가공의 존재, 가공의 언어다. 쓰인 것에서 고개를 들어라. 퐁파를 그만둬라. 퐁파를 그만둬. 퐁파를 중얼거리는 것을 그만둬. 퐁파는 너무 많이 썼어. 퐁파를 그만둬. 퐁파를 내던져버려.

상점가의 길을 매우 보통으로 걸어본다.

때로는 보통이 〈안드로메다한〉 경우도 있다.

상점가를 빠져나와 오른쪽으로 구부러졌다가 다시 왼쪽으로.

담배집 앞에서 니힐하게 담배를 피우는 척한다. 되도록 사람들에게 들키지 않도록.

남에게 들키지 않는 내 인생.

나는 울고 싶지 않다. 나는 울고 싶지 않다. 나는 울고 싶지 않다. 나는…….

내가 거리를 걸을 때, 내 존재와 거리의 그것이 서로 스치며 금속이 삐거덕거리는 듯한 엄청난 소리가 울려 퍼진다. 〈……안드로메다가 어중간한 도회일 리 없다〉……그렇게 생각하면서 역으로 가는 길을 최대한 숨을 쉬지 않도록 조심조심 걷는다.

　(이하 생략)

개개의 안드로메다 자체가 새로운 정형의 대상이 된다는 것, 벌써 이 시점에서 그것이 본래의 안드로메다가 아니라는 게 증명된다. 그것을 숙부는 잘 알고 있었음에 틀림없다. 그런데도 그 악순환을 끊어낼 수 없었던 것은 그 즈음에는 그가 자신 이외의 현실 세계를 보려고 해도 이미 보이지 않게 되었기 때문일 것이다.

사방팔방이 꽉 막힌 딜레마는 세 번째 노트의 마지막 부분에서 절정에 달한다. 이즈음 숙부의 심중을 생각할 때마다 나는 마치 내 일처럼 가슴이 아파온다.

• 숙부의 세 번째 일기에서(빈틈없는 순환)

유지노 사할린스크. 특히 잘못되어 있다.

넘실넘실 넘실거리는 달의 바다. 이야기하는 건 이제 끝장이다.

지극히 음악적인. 위험해!

쉬이익, 오줌을 싸게 해줘. 저 환상의 〈추상적인, 너무나 추상적인〉.

정말 고마워. 굉장한 사람들이다.

〈~처럼〉처럼. 즉각 스마일.

나는 달을 올려다본다. 꿰뚫린다. 천사가 틀림없다.

3호차 16번 덴마크에서.

머리카락, 머리카락이 가리키는 방향. 무릎을 꿇고, 굉장한 사람들이다.

귤껍질이 벗겨진다. 먼 옛날의 귤이 지금, 벗겨진다.

제19번. 바늘이 없다.

스탈리 로얄리에 오후 7시. 아직 정신은 말짱하다.

무자욕언無自辱焉, 스스로 욕되게 하지 말지니라.

목욕탕 물이 넘친다. 역 앞의 바다는 잔잔하다. 유지노 사할린스크. 어차피 찢기게 된다.

(이 글은 글씨 위에 번개 모양의 지우는 선이 생생하게 그어져 있었다.)

애초에 정형과 안드로메다는 동전의 앞뒷면이 아니라 완전히 차원을 달리하는 개념이다. 숙부에게 있어서 안드로메다란 원래부터 결코 상대적일 수 없는 것으로, 서로를 뚫고 나가 불꽃과 함께 산산이 흩어지는 듯한 마구잡이의 반사충동이어야 한다. 하지만 그 반발력이 스스로의 무거운 의식 때문에 상실되리라고는 숙부도 미처 예상하지 못했던 게 틀림없다. 그의 안드로메다는 자의식이라는 이름의 암 덩어리에 의해, 그리고 어찌할 도리 없는 '작위'의 각인에 의해 잠식되었다.

안드로메다의 막다른 궁지를 알리는 이러한 글 뒤에 숙

부는 내리치는 듯한 필체로 다음과 같은 몇 개의 토막글을 노트의 여백에 단속적으로 휘갈겨 놓았다.

• 숙부의 세 번째 일기에서(부연)

〈일단 입 밖으로 나온 말은 부패해서 두 번 다시 사용할 수 없다. 말은 점점 줄어들어간다.〉

〈나의 모든 언어가 '작위성'을 띤다.
내 손에 닿는 언어가 하나하나 부패하여 떨어져 내린다.
나의 안드로메다란 이런 작위를 탈피했을 때 비로소 안드로메다가 되는, 그런 것이 아니었을까?〉

〈언어의 지나친 사용에 의한 포화 상태. 하지만 만일 안드로메다가 포화 쪽으로 향하려 한다면 그것은 결코 안드로메다가 아니다. 내 손에서 안드로메다는 벌써 술술 빠져나가고 있다.〉

〈상상력만으로 바깥에 나가는 건 불가능하다. 그렇다

고 해도 안드로메다가 찾아올 가능성은 이제 별로 남지
않았다.〉

〈언어는 그 자체에 인간을 내적인 성찰로 향하게 하는
성질을 가지고 있다.
　나는 나 자신에 관한 말을 늘어놓는 것으로 자신을 안쪽
으로, 안쪽으로 점차 작아지게 하고 있는지도 모른다.〉

〈사고 이후로 도모코가 말하는 언어는 모조리 나의 내
부의 말과 똑같게 되었다. 그녀와의 대화는 사라지고, 내
가 토해내는 혼잣말이 그녀의 목소리를 흉내 내려고 버둥
거릴 뿐이다. 아무도 말을 하지 않는다. 이 세상에서 나 혼
자만 독선적인 허튼소리를 주절거린다.〉

〈일단 안드로메다를 잊어버리는 것으로 의식의 외부에
새롭게 생겨나는 안드로메다, 그것을 기다리는 것 외에 언
어가 살아남을 길은 없다. 만일 그것이 찾아와주지 않는다
면 나는 언젠가 모든 언어를 상실할 것이다.〉

　숙부의 토막글을 마주하면서, 뜻밖에도 나는 클라이스

트(1777~1811. 독일의 극작가, 소설가로, 실존주의 문학의 선구자, 또는 20세기 문학의 원류로서 새롭게 평가받고 있다—옮긴이)의 에세이 「마리오네트 연극에 대해」에 나오는 소년이 생각났다.

그 이야기 속에서, 소년의 순진무구한 몸짓은 곁에서 보고 있던 C씨의 단 한 마디의 지적에 의해 영원히 그 우아한 아름다움을 잃고 만다. 다리를 씻으려고 수돗가에 발을 얹으면 거울에 비친 자신의 조각처럼 아름다운 모습을 은근히 자랑스러워하던 소년이, C씨의 한 마디 말, "다시 한 번 똑같은 모습을 내게 보여다오"라는 달콤한 말에 휘둘려 무심코 똑같은 동작을 반복했으나, 세 번을 해봐도 네 번을 해봐도 처음 느꼈던 그 아름다움은 나오지 않았다.

그 순간부터 소년의 매력은 점차 소멸해간다.

......

'작위'에 대한 이런 병적인 두려움은 일기를 읽는 나의 펜 끝에도 전염되었다. 첫머리에 앉힌 최종 원고에서 드러나는, 작위에 대해 이상하리만치 예민하게 신경을 쓰는 문체를 통해서도 짐작할 수 있듯이 나는 그의 일기에서 소설 자체를 단념하지 않을 수 없을 만큼 치명적인 영향을 입었다. 하지만 생각해보면 저 우키누마의 집에 잠들어 있던 숙부의 일기가 내 손에 의해 그 끈이 풀리고 소설의 인용문으로까지 등장하게 된 시점에 이미 일기의 순수성은 상실되었다. 새삼 내가 어떤 말을 둘러대건, 그것이 일단 소설로써 줄줄이 쓰인 이상, 작위의 손을 피하는 것은 이미 불가능한 얘기다.

14

• 숙부의 세 번째 일기에서(거울에 대해)

나는 삼면경을 아주 조금만 열고 내 얼굴을 그 틈새에 가까이 들이댄다.

거울의 내측은 동시에 외측으로 이어져 있다.

나의 존재는 무한히 반복적으로 펼쳐진다.

반복된 무한의 세계 어딘가 한 곳에서, 이따금, 나는 도모코의 모습을 본다.

눈높이의 왼쪽 편으로 내 얼굴이 네 번쯤 반사를 거듭한 허공의 잘려진 한 귀퉁이에 도모코는 홀로 몸을 웅크리고 앉아 있다.

카랑카랑카랑, 뭔가 시원한 소리가 들려온다.

가늘게 굴절한 빛의 프리즘이 몰고 오는 소리.

내가 도모코를 직접 보려고 하자마자 그녀의 모습은 사라진다.

다시금 시선을 똑바로 정면에 맞춘다.

그 시야의 왼쪽 한 귀퉁이, 사각에 가까운 아슬아슬한 곳의 세계.

나는 시선을 멍하니 저 먼 곳에 내던지는 것처럼 하면서, 의식의 모든 것을 도모코가 사는 허공의 세계로 집중시킨다. (*월 *일)

다른 종이에 쓴 위의 글이 일기의 마지막 페이지에 끼여 있었다. 아마 숙부가 자신의 기억을 더듬어 집필한 글 중에서 가장 나중에 쓴 글일 것이다. 어째서 이것이 추억의 마지막 글이 아니면 안 되는가, 솔직히 나도 잘 모른다. 그것은 내 마음속 어딘가에 〈일기의 마지막 글은 좀더 궁극적인 고백으로 끝나야 한다〉라는 작자 본위의 기대가 있었음에 틀림없다.

가령 이것이 처음부터 작위를 긍정하는 소설이었다면 이 대목에서는 여행길의 숙부에게서 장문의 고백 편지가 날아든다든가 경찰에서 숙부의 뜻하지 않은 죽음을 알리는 전화가 온다든가, 그런 〈그럴싸한〉 대단원이 기다리고 있었을 테지만, 이 『안드로메다 남자』는 유감스럽게도 그런 류의 카타르시스는 가져다주지 않는다. 앞에서도 말했듯이 용두사미로 끝난다는 것을 미리 알고 있던 일기를 그대로 인용한 것도, 소설과 관련된 작위나 기만을 극력 피하고 싶었기 때문이기도 하고, 그 때문에 이 원고가 용두사미로 끝이 난다고 해도 그것 역시 미리 각오한 결과이다. 물론 이런 어중간한 모습을 독자에게까지 공유해달라고 하는 건 적잖이 우울한 일이지만, 헛되이 작위로 내달려 독자의 흥을 깨기보다는 이쪽이 훨씬 더 현명한 선택이라고 믿고 싶다.

그렇기는 해도 6년 전의 나라면 이 원고를 다시 읽어보고 다음과 같은 가필의 가능성에 퍽 구미가 당겼을 것이다.

· 나와 숙부의 리얼타임 대화
· 숙부와 도모코 씨의 스케치 이외의 생활 모습
· 숙부와 튤립 남자와의 극적인 조우
· 숙부와 악동들과의 기묘한 교류
· 숙부의 여행길과 그곳에서의 기행……

이러한 가필 모두를 내던지고 나는 지금 여기에서 소설의 펜을 내려놓는다.

숙부의 행방은 여전히 묘연하다.

얼마 남지 않은 지면을 활용하여 숙부의 책상 서랍에 세 권의 일기와는 별도로 소장되어 있던 한 장의 큼직한 편지지 글을 발췌해 적어두고자 한다.

처음에 나는 이 재료를 소설 속 어딘가에서 소개할 생각이었다. 하지만 결국 그렇게 하지 못한 채 끝나버린 것은 이 글이 어떤 장의 맥락에도 적합하지 않은 너무도 비상식적이고 어이없는 물건이었기 때문이다.

일기처럼 날짜가 붙어 있는 것도 아니어서 이 글이 언제 쓰였는지는 알 도리도 없다.

편지지의 오른쪽 반절에는 문장이, 왼쪽에는 숙부의 방의 평면도가 있었다. 어쩐지 귀한 보물의 소재처라도 적혀 있을 법한 모양새지만, 사실은 전혀 다르다.

이것이 과연 수기인지, 아니면 무언가를 안내하는 글인지, 마지막까지 분명치 않았다. 편지지 뒷면에는 〈아침의 일과〉라고 완전히 농담처럼 삐쭉 적혀 있었다.

이 글을 게재함에 있어서 먼저 〈오른쪽 반절의 문장〉을 소개하고, 그 다음에는 내 견해에 따른 〈평면도의 해설〉을 붙여 독자에게 참고가 되도록 했다.

우키누마 시절에 쓴 숙부의 글이기 때문에 다소 괴상한 필치라고는 해도 그 내용에서는 단순히 혼자 사는 이의 심심풀이가 아닌, 어딘가 시원하게 툭 트인 듯한 천진한 일탈이 느껴지지 않는 것도 아니다. 하지만 과연 그 일탈이 지나친 실의가 낳은 잠시잠깐의 낙천인지, 아니면 감각의 영역을 뛰어넘은 광기어린 풍류가 빚어낸 '세상, 거칠 것 없노라'인지, ……그 대답조차 지금에 와서는 더 이상 숙부의 흉중 외에는 기대어볼 곳이 없다.

···대형 편지지에서···

◎ 오른쪽 반절의 문장

······동아줄 비슷한, 나의, 길고 가느다란, 그림자.

평평한, 흰 벽, 눈, 앞의, 벗겨져 가는, 표면, 물러터진, 초록을, 쭈욱 커버린, 오른쪽, 손의, 그, 그림자의, 구부러진, 손가락이, 퍼석퍼석, 퍼석퍼석, 쉼 없이, 할퀸다, 할퀴고 있다.

손가락만이, 할퀸다. 그림자는, 손가락 이외의, 그림자는, 움직이지 않는다, 멈춰 있다.

무릎의, 어깨의, 허리의, 그 밖의, 관절의, 마치, 녹이 슨, 압도적인, 응고. 덜커덕하게.

아무튼, 〈녹이 슨〉 것은, 지독히, 어렵다.

우키누마의, 공동주택 단지의, 한 집의, 평평한, 흰 벽에 떠오르는, 동아줄 비슷한, 길고 가느다란, 그림자, 나의, 그림자, 퍼석퍼석하는, 손가락. 그, 손가락의, 구부러져서, 쉼 없이, 퍼석퍼석하는.

부그르르, 이윽고, 대담하게, 주문 같은, 언어, 입, 끝의, 거품, 몹시도, 즐거운 듯, 시작하네요, 가벼운, 중얼거림이.

"퐁팟카퐁파, 퐁팟카퐁파. …헤에~, 라나?"

"퐁팟카퐁파, 퐁팟카퐁파. …헤에~, 라나?"

진짜로, 우습다, 하하하하, 이건, 또, 어떻게 된 거냐. 이, 웃기는, 두서도 없는, 프레이즈만이, 어찌되었건, 줄줄 한없이, 언제 멈출지도, 모른 채.

이런, 미친, 거봐, 또, 퐁파카 하고, 제발 부탁이야, 멈추게 해줘. 멈추게 해줘, 그, 심각해 보이는, 얼굴. 그, 경건한 듯한, 중얼거림을. 그러니까. 그래, 그러니까, 뭐야, 이건? 아니, 퐁팟카, 라고 해.

뭐가 "헤에~"야? 뭐가 "라나?"야? 교활한 수를 쓰고서, 깡충 뛴다.

◎ **나의 개인적 견해에 의한 평면도 해설**

북동쪽 귀퉁이의 한 지점에 별모양의 마크(★)가 찍혔고, 그 옆에 〈출발 지점〉이라고 적혀 있다. 거기에서 〈첫

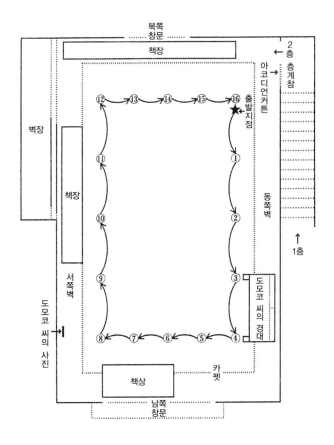

※ 독자의 편의를 돕기 위해 숙부의 육필에 의한 오리지널 평면도의, 오로지 구도만을 간략하게 줄여 위에 게재한다. (작자)

걸음째〈팟카〉〉로써 동쪽 벽 앞에 조그맣게 ①이라고 표시하고, 마찬가지로 〈두 걸음째〈퐁파〉〉가 같은 간격으로 ②라고 표시되어 있다.

★와 ①, ①과 ② 사이는 각각 포물선형의 화살표로 이어져 있다. 바로 옆 칸 바깥쪽에 숙부가 주를 붙여두었는데, 〈팔은 크롤 수영법으로, 순간순간 동작을 끊어서. 고개를 좌우로 돌리며 작게 살금살금 걸음, 그 다음에는 크게 가만가만 걸음〉이라고 적혀 있다.

그 뒤를 이어 〈첫 번째 팟카, 마름모꼴 밟았다. 두 번째 퐁파, 덩굴풀 밟았다. 세 번째 팟카, 고양이다리 쓰다듬기. 네 번째 퐁파, 고양이다리 쓰다듬기〉라고 나온다. 자세히 보면 ①과 ②는 모두 저 낡아 빠진 카펫 위에 표시되어 있기 때문에, 따라서 〈마름모꼴〉과 〈덩굴풀〉이 카펫에 그려진 무늬의 일부라는 게 판명된다. 첫 걸음째는 〈마름모꼴〉, 두 걸음째는 〈덩굴풀〉을 정확히 밟으며 춤을 춘다. 그런 순서로 나가면 세 걸음째, 네 걸음째의 〈고양이다리〉라는 건 물론 경대의 앞다리라는 뜻이다. 도표에도 서투른 그림이나마 경대가 표시되어 있고 그 경대의 두 다리에는 ③, ④라는 숫자 표시가 붙어 있다. 여기까지가 〈퐁팟카퐁파, 퐁팟카퐁파〉.

④ 지점에 〈딱 멈춘다〉라고 되어 있고, 〈얼굴을 오른쪽으로 돌리며 안녕하세요? 빙긋 웃으며, 헤에~, 라나?〉라고 이어진다.

이 지점에서 〈오른쪽으로 돌린다〉라는 건 반대쪽 벽을 향하라는 뜻으로, 거기에는 분명 도모코 씨의 사진이 꽂혀 있다. 그 사진에 빙긋 미소를 짓는다는 뜻일까.

〈헤에~, 라나?〉는 알 수가 없다. 〈퐁팟카퐁파〉라는 괴상한 짓에 대해 제1자가 발하는 〈헤에~〉일까. 그런 자신의 〈헤에~〉가 제3자에게 부끄러워 그걸 감추려고 〈라나?〉라고 하는 걸까. 그게 아니면 〈라나?〉는 그 제3자가 제2자의 〈헤에~〉를 비웃으며 제4자에게 흘리는 말일까. 어째서 이 연쇄 동작을 혼자서 연기하고 춤추는 것인가.

①, ②, ③, ④를 이어주는 화살표는 ⑤, ⑥, ⑦, ⑧로 차례차례 이어지고, 그것이 ⑨, ⑩, ⑪, ⑫로, 다시 ⑬, ⑭, ⑮, ⑯으로 호를 그리며 방을 한 바퀴 빙 돌아 ⑯과 최초의 ★표가 겹쳐지면서 하나의 원이 생긴다. 지면의 왼편 아래에는 마지막으로 덧붙이는 말이 있었다.

〈지겨워질 때까지. 지겨워지더라도 다시 반복할 것〉

지금은 돌아가신 나의 평생의 스승,

다네무라 스에히로種村季弘 교수님의 영혼에 이 책을 바칩니다.

소설에 정면으로 도전하는 '뜨거운 전위'

얼마 전, 번역가 동료들 사이에서 아쿠타가와상 수상작 『안드로메다 남자』를 영어로 번역하면 어떻게 될까, 라는 게 화제가 되었다. "제목 '안드로메다'를 어떻게 번역해야 돼?"라든가 "〈퐁파〉나 〈체리파하〉는 도저히 번역 못하지" 등의 이야기를 나누었다. "호락호락 번역할 작품은 아니다"는 평은 작품을 향한 대단한 찬사라고 볼 수 있다.

주인공 숙부는 성실한 직장인이지만, 갑자기 〈타퐁튜—〉 같은 의미를 알 수 없는 말을 하는 기이한 버릇이 있다. 아내의 죽음을 경계로 〈안드로메다적 행동〉은 병적인 영역에 달하고, 이윽고 그는 자취를 감춘다. 이 작품은 숙부가

183

남긴 일기와 시, 숙부를 제재로 화자가 쓴 소설의 초고를 현재형으로 이어가고 있다. 게다가 메이킹 프로세스까지 작품 안에서 모두 보여주는 본격적인 전위소설이다.

안드로메다로 간 숙부와 그가 우연히 만나게 되는 〈튤립 남자〉는 하이쿠의 정형을 지키듯 반듯하게 사회생활을 하면서도 일상의 조그만 틈새에 하이쿠의 글자 수 넘침, 글자 수 모자람 같은 '안드로메다적 충동'을 슬쩍 밀어 넣는다. 정형을 파괴하고 의미를 벗겨낸다. 숙부가 사랑하는 〈체리파하〉는 러시아어로 거북을 의미하는 Ｃ Ｈ Ｅ Ｒ Ｅ Ｐ Ａ Ｋ Ｈ Ａ 가 아니라, 거북이가 기어 나가버린 뒤의 '빈 둥지'이다. 언어의 의미를 똑같이 번역하는 것조차 어려운 터에, 휴우, 그 '빈 둥지'가 된 언어를 어떻게 번역해야 좋단 말인가. 우리 번역자들은 새삼 흥분했다.

생각해보면, 영국 소설의 아버지라는 로렌스 스턴 (Laurence Sterne, 1713-1768. 18세기 영국 소설가·목사)도 문학계의 기인이었다. 그의 작품 『신사 트리스트램 샌디의 생애와 의견 The Life and Opinions of Tristram Shandy, Gentleman』에서는 괴상한 말이 툭툭 튀어나온다. 현대 미국에는 신경증에 걸린 탐정의 특이한 말투를 생생하게 살린 개성파 하드보일드 소설도 있다. 번역이 어렵다는 것은 한 마디 한 구절에 어떤 것과도 바꿀 수 없는 독창성이 있다는 뜻이다. 번역하기 곤란한 작품일수록 역설적으로 번역이라는 변용變容을 견뎌내는 힘을 가지고 있다.

의미를 알 수 없는 것의 의미를 지나치게 명확히 분석한 기미가 있을지도 모르지만, 숙부의 다다이즘적인 싸움을 묘사한 작자의 문체는 사려 깊고 또한 외골수의 열정을 드러낸다고 할 수 있다. 소설에 대한 무언의 합의나 허구의 작위성에 정면으로 도전한 이 책은, 그렇다, '뜨거운 전위'이기도 하다.

고노스 유키코(번역가·에세이스트)

출처_아사히신문朝日新聞

붕괴된 언어가 사람과 사람을 이어준다

　일탈의 감각을 날카롭게 포착한 소설이다. '나'는 실종된 숙부의 일기며 사망한 숙모의 수기를 소재로 삼아 소설 집필을 시도한다. 말을 묶어나가는 것으로만 성립되는, 소설 집필의 행위 속에 몸을 던진 '나'는 붕괴하는 언어, 사람과 사람을 갈라놓는 언어의 모습을 발견한다.

　숙부는 아내 앞에서 돌연 〈퐁파〉라든가 〈타퐁튜-〉라는 말을 발한다. 무슨 뜻이냐고 물어도 알려주지 않는다. 주위 사람들을 당황하게 하면서도 숙부는 의미를 알 수 없는 말을 멈추지 않는다. 해학적이고도 무섭고 슬픈 광경이다. 언어가 사람을 묶는다. 그런 사실이 고스란히 드러났을 때, 굳이 언어가 아니어도 사람과 사람이 이어지는 건 가능하다는 모순된 사실 또한 동시에 떠오른다.

어린 시절부터 고통스러웠던 말더듬이 버릇이 사라졌을 때, 숙부는 위화감에 빠진다. 해방된 것이 아니다. 〈균형이 무너지고, 세계의 억압이 밀려들어 그를 덮치고 삼켜버린〉 것이다. 거기에서 〈어딘가 바깥 세계로〉라는 충동이 생겨난다. 〈안드로메다〉로 향하게 하는 힘이다. 아무도 없는 엘리베이터에서 돌연 머리 위에 두 손으로 튤립 모양을 만들거나 춤을 추는 남자. 일상을 비틀리게 하는 순간을 폐쇄된 나날의 어딘가에 던져주는 삶의 방식. 이와 같은 존재방식이 〈안드로메다〉라고 일컬어진다. 숙부가 남긴 글을 읽으면서 〈나〉는 〈안드로메다〉를 생각한다. 숙부의 생을 눈으로 더듬어나갈 때, 〈나〉 또한 〈안드로메다〉에 빠진다.

이 소설의 문장이나 구성은 〈안드로메다〉를 추구하는 형태를 취하고 있다. 다양한 문체와 언어의 단편이 조합되어 있지만, 평균적인 글쓰기 언어와는 사뭇 다르다. 그것은 〈일상의 억압을 배제한 곳에는 안드로메다도 있을 수 없다〉라는 숙부의 신념과도 통한다. 이 소설은 작위를 피하고자 하는 작위에 의해 끝이라기보다 〈안드로메다〉로 빠져나간다. 언어가 몰고 오는 고독은 도리어 타인과의 거리를 좁히는데 큰 역할을 한다.

하치카이 미미(소설가 · 시인)

출처_홋카이도신문北海道新聞